COLLECTION FOLIO

Nathalie Kuperman

Nous étions des êtres vivants

Gallimard

Nathalie Kuperman vit et travaille à Paris. *Nous étions des êtres vivants* est son sixième roman. Elle écrit aussi des romans pour la jeunesse, publiés à L'école des loisirs.

Pour Carlotta

La concentration se relâche. Les doigts sur les claviers ralentissent, les dos s'appuient contre les dossiers des chaises, les épaules s'affaissent. On guette l'heure en jetant un œil en haut à droite de l'écran. 11 : 46. Le couloir est exceptionnellement désert et silencieux. Une tête pourtant s'aventure et brise la droite parfaite que dessine l'alignement des bureaux. Christophe Perritoni s'impatiente. Il est à l'affût, pressé de voir du monde, d'échanger quelques mots avec ses collègues. Personne encore n'a bougé, et il revient s'asseoir derrière son engin, une énorme machine qui numérise les documents. Il attend maintenant que quelqu'un donne le signal d'un déplacement, d'un rassemblement, il guette la rumeur qui précède les grands moments. Ce pourrait être lui qui amorce le mouvement, mais il renonce. Il doute de sa capacité à attirer les autres hors de leurs bureaux, et il est encore tôt. Et puis ce silence opaque l'inquiète un peu. Les téléphones ne sonnent pas et Christophe lève l'appareil de son socle pour vérifier que les lignes ne sont pas coupées. Ce n'est pas le cas. Il suffit d'attendre et de résister à l'envie d'aller traîner devant la machine à café. Il n'a plus de monnaie et, de toute façon, il n'a pas soif.

11 : 54. Amandine Fourcade accélère la lecture du bon à tirer. Il faut que les pages partent chez l'imprimeur en début d'après-midi. Ses yeux traquent les erreurs mais sa tête est ailleurs. Elle ralentit maintenant, prenant conscience qu'elle n'a rien retenu des événements du chapitre qu'elle vient de terminer. Cette réunion tombe vraiment au mauvais moment. Le lendemain, après le bouclage, ç'aurait été parfait.

Inès Belmont vient de raccrocher. Elle est satisfaite du centime qu'elle a réussi à extorquer à l'importateur. Le dinosaure a été négocié à 29 centimes au lieu de 30. Elle ne s'est pas démontée et a menacé de s'adresser à une boîte concurrente si son fournisseur ne s'alignait pas sur son prix. Bref, elle est fière d'elle. Elle saisit l'échantillon et appuie sur le ventre du dinosaure vert : il ouvre la gueule. Ça la fait sourire. Elle range la bête dans son tiroir et jette un œil sur l'écran : 12 : 05. Il reste dix minutes. Elle a le temps de se rendre aux toilettes et de parfaire son maquillage.

Il se souvient de ces images, de la scène où l'on arrache l'enfant à Charlot. C'était la première fois qu'il allait au cinéma, avec sa mère. Maintenant, Patrick Sabaroff installe les photos du film *The Kid* sur l'écran pour constituer un dossier documentaire sur Charlie Chaplin. Il est totalement saisi par la tâche qu'il accomplit, râle parce que le rédacteur a, comme de coutume, écrit un texte trop long, essaie de faire tenir l'image mais n'y arrive pas. Renforcer le contraste, murmure-t-il tout bas, laisser de la place pour la légende. On toque contre la paroi de son bureau : Patrick, il faut y aller ! Il n'a pas oublié que c'était aujourd'hui, non, il a même déplacé son RTT pour être présent. Mais ce n'est pas de gaieté de cœur qu'il abandonne son siège pour rejoindre ses collègues qui maintenant déferlent par vagues vers le point de la rencontre, le pôle cafétéria. Il n'a rien entendu, n'a pas senti le flot s'intensifier, et il en arrive à se demander comment c'est possible. Il regarde sa montre : midi douze. C'est l'heure. Il sort de son bureau et comprend pourquoi il n'a pas réagi plus vite : les salariés sont silencieux et avancent en regardant leurs chaussures. On se croirait à un enterrement, pense Patrick Sabaroff. Il est sur le point de plaisanter sur les têtes qu'ils font tous, mais décide finalement de se taire. Il se joint à la masse, et avance lui aussi en fixant le sol.

Pour faire sortir de leur bureau ceux qui, comme Patrick, sont happés par leur travail, quelqu'un frappe trois fois dans ses mains en criant : Ça va commencer !

PREMIÈRE PARTIE

MENACE

LE CHŒUR

La réunion du 16 mars se tient à midi et quart au pôle cafétéria, un lieu situé au centre du long couloir avec un renfoncement où trône la machine à boissons et où deux sièges se font face. Nous sommes une cinquantaine à nous répartir dans l'espace d'environ vingt mètres carrés, à nous installer en cercle, certains assis par terre, d'autres debout, et d'autres encore ni assis ni debout, comment dire, hésitant entre deux positions, à genoux, sur une jambe ou le dos appuyé contre une arête d'étagère, exprimant à leur façon qu'ils ne veulent pas prendre la chose au sérieux, pas se prononcer. Certains vont prendre des notes, d'autres pas. Les mots qui seront inscrits sur les cahiers ne serviront à rien. Ils le savent, mais ne peuvent s'empêcher d'écrire. On a réservé les fauteuils aux déléguées du personnel. Nul n'aurait eu le mauvais goût de les occuper, même pour rire. On n'est pas en train de rigoler. On les attend. Elles ont dit midi et quart (ce sont des femmes, trois femmes), elles seront à l'heure, elles sont toujours à l'heure. Nous, on est un peu en avance. Midi et quart, lundi 16 mars, c'est le rendez-vous qui nous a fait tenir tout le week-end. On se regarde, un peu silencieux et un peu bruyants. Du faux bruit et du faux silence, un creux, une fatigue, un espoir, des désirs, des craintes, des On va bien voir ce qu'elles nous disent, des faux sourires et une vraie peur, faisant lancer à certains des petites plaisanteries de quand on était bien, de quand on se réunissait pour discuter de la possibilité d'obtenir des tickets restaurant, arguant du fait que la cantine était dégueulasse. Enfin, elles arrivent. Et tout le monde les regarde. Elles sont belles. Vraiment. Toutes les trois. Elles sont belles parce qu'elles viennent nous parler de nous. L'une d'elles n'aura pas de fauteuil, mais quelqu'un est allé lui chercher une chaise. Il faut qu'elles soient bien assises pour nous parler. On a placé la chaise entre les deux fauteuils, le dos à la machine à boissons. Au-dessus de la tête de Brigitte valsent les bouteilles de Coca. Elles ont des papiers dans les mains et des dossiers épais. Pourtant, ce lundi 16 mars que tout le monde attendait, elles ne nous diront pas grand-chose. Simplement que La société Mercandier Presse — vous le saviez — est sur le point d'être vendue. Nous connaissons aujourd'hui le nom du repreneur — Paul Cathéter — mais ne savons à ce jour rien de ses intentions. Et pourtant, nous avons tout à craindre.

Les yeux s'agrandissent, les doigts se tordent, les bouches se serrent. Nous attendons la suite, tendus vers une information qui n'arrivera pas. Quelques précisions cependant : nous allons devenir une IP Factory (nous apprenons un terme qu'aucun d'entre nous ne connaissait). Le repreneur aime l'Amérique du Nord, et nous allons être « managés » à l'américaine. On s'inquiète. L'Amérique nous fait peur soudain. Nous n'avions pas imaginé que le danger pouvait venir de si loin.

AGATHE ROUGIER

Les choses s'organiseront au fur et à mesure. Il faut leur faire confiance. Viens petit, viens sur mes genoux. Là, comme ça. Tu aimes, hein, que je te caresse sous le menton. Il faudrait que tu les entendes nous annoncer que tout ira bien. Je sens une boule, là, sous mon bras. Je devrais aller consulter un médecin tant que j'ai une mutuelle. Tu vois un peu les idées qui me viennent? Ils nous obligent à ça, à penser aux petits riens, alors que nos vies sont en jeu et qu'il n'y a plus de place pour la moindre des pensées qui, avant, nous faisaient du bien, quand nous n'en pouvions plus. C'est quoi, ne plus en pouvoir? Dormir, comme tu t'y appliques toute la journée, ouvrant les yeux seulement quand j'apporte tes croquettes, levant une patte quand j'agite le pompon sous ton nez, t'étirant pour profiter des caresses et t'endormir de nouveau. Se réveiller pour travailler, voilà ce qu'ils nous conseillent. J'ai envie de pleurer, Chat, quand je songe aux heures de travail que je leur ai données. On m'explique qu'il va falloir que je m'y mette, et c'est un peu comme si je n'avais pas existé jusque-là. Me mettre à quoi ? Moi qui ne me suis jamais mise à avoir un enfant par peur de ne plus pouvoir donner autant à ceux qui me nourrissent ? Les patrons qui nous vendent à un autre patron ne savent pas qu'ils me vendent moi, Agathe Rougier, 50 ans, célibataire sans enfant, 1,60 m, 57 kilos, blonde, enfin, châtain clair, enfin, je ne sais plus, cela fait tellement longtemps que je décolore mes cheveux. J'aime ça, aller chez le coiffeur, surtout au moment du shampooing, quand il me malaxe la tête et que je me force à ne penser à rien pour ne pas gâcher le moment, ne pas penser aux courses de l'après-midi, le samedi, dans ce supermarché où je fais la queue caisse 3, par habitude et superstition, ne pas penser à l'assureur que je dois appeler pour qu'il prenne en compte la fuite d'eau du plafond. Une fois par mois chez le coiffeur : Ne pense à rien, me dis-je. Et, lorsque je suis sur le point d'y arriver, tout s'arrête : rinçage, mauvais moment, quelque chose qui finit. C'est toujours trop court les doigts du coiffeur sur mon crâne, je voudrais que ça dure toute la vie. Le reste, la coupe, le séchage, c'est ce par quoi il faut passer pour ressortir toute belle, et se dire : C'est fait. Faite ma tête de femme qui en veut. Je ne désire rien tant que de devenir ton amante, Chat, mais je sais que ce n'est pas possible. Je perds la boule. Ils m'obligent à formuler des phrases à haute voix qui n'ont pas de sens.

Notre repreneur est un homme de défis qui s'attaque à notre société pour la relever. Il s'appelle Paul Cathéter. Peut-être ne lui déplairai-je pas. Peut-être m'épargnera-t-il en me dispensant de la gestion des invendus, du comptage des stocks et de tout le travail supplémentaire dont la rumeur dit qu'il me reviendra dans la mesure où Patricia a annoncé son départ. Elle part vivre à Perpignan pour suivre son mari qui a obtenu un poste au bout d'une année de chômage. Peut-être Paul Cathéter n'est-il pas si odieux que certains le prétendent. Je m'appelle Agathe Rougier, disais-je, j'étais une enfant calme, on pouvait me laisser seule des heures entières avec mes poupées. J'aimais les poupées, je les passais en revue pour étudier la forme de leurs jambes, de leurs bras, de leurs seins quand elles en avaient, je touchais l'absence de leur sexe en me demandant si le fait d'avoir un sexe était normal, moi qui en possédais un, je coiffais leurs cheveux, et je faisais des concours. Toujours gagnait celle que je nommais Isabelle, à cause de la syllabe « belle », parce qu'elle avait les yeux bleus, des nattes jusqu'aux fesses et, surtout, parce qu'elle regardait ailleurs, comme si elle s'en fichait d'être la meilleure. S'en ficher, c'est ça le luxe.

Mais je recommençais, je veux dire, le concours, pour donner la chance aux autres de surpasser Isabelle. Je trouvais déjà en ce temps-là qu'il fallait lutter contre l'évidence qui désigne un être supérieur en toute chose. Mais Isabelle sortait victorieuse, quels que soient mes efforts pour encourager les concurrentes à la dépasser. Mes parents ne s'inquiétaient pas. Ils m'aimaient bien. Mon calme était récompensé par d'autres poupées. Je n'en demandais pas tant. Chaque nouvelle arrivante menaçait Isabelle. Mais tant qu'Isabelle regarderait ailleurs, elle serait sauvée.

Clara, un jour, tenta sa chance. Une petite nouvelle offerte par maman, que j'ai découverte un soir de grande tristesse parce que Puk, mon chat, venait de mourir sous une voiture, un hasard, une vilaine chose de la vie qui m'avait poussée à l'emmener avec moi chercher du pain, je lui avais dit : Puk, viens avec moi, ce sera plus drôle. La rue, le bruit l'avaient effrayé. Il s'est échappé de mes mains ; la voiture l'a percuté. J'ai tourné la tête pour ne pas voir, mais le chat est bel et bien mort ce jour-là, le 15 février 1968, il y a des dates dont on se souvient. Clara est arrivée. Je dois avouer que j'ai eu un trouble en la voyant. Peut-être a-t-elle un sexe comme le mien, me suis-je dit, parce que, soudain, ce visage sous le plastique venait à moi comme la possibilité d'une rencontre. Elle semblait triste de ne pas être chat, de se trouver là un soir de mort et d'être impuissante à pallier le manque. J'ai retiré le film de plastique qui la protégeait et l'ai déshabillée pour voir si elle était munie d'un sexe. Rien. Pas la moindre fente. J'ai présenté Clara aux quatorze autres poupées, et j'ai allongé tout ce petit monde sur mon lit.

Il est huit heures et quart et je dois me rendre au travail. C'est tellement étonnant la façon dont les choses auraient pu tourner, et comment, non, elles sont restées figées. Je n'ai rien fait de mon goût pour les concours et je ne me suis jamais mesurée aux autres. Ne pas se faire remarquer demande déjà une énergie considérable.

LE CHŒUR

Il veut qu'on déménage rapidement. Mais pour aller où ? Il veut louer des bureaux dans l'Ouest parisien, il habite par là, paraît-il. On quitterait Paris, alors. Plus dans Paris. Inquiétude, inquiétude. Il faut nous voir nous croiser dans le couloir, et nous interroger du regard lorsque les mêmes mots, vingt fois répétés, ne font plus sens. Nous ne sommes pas bien vaillants, nous sur qui reposent les valeurs de l'enfance. Changer la structure de la phrase et l'équilibrer de telle sorte que le petit lecteur puisse reprendre son souffle, discuter d'un point de vue, d'une énonciation, étudier la façon dont les enfants pourraient recevoir l'histoire si l'on plaçait la virgule à tel endroit plutôt qu'à tel autre, s'attarder sur les couleurs et se demander si on ne rajouterait pas un peu de Magenta pour que le fond n'avale pas l'image semblent soudain dépourvus de fondement. Qu'est-ce qu'on va faire ? On ne sait pas ce qu'il attend de nous. On est d'accord pour travailler plus. D'accord ? Non, pas d'accord. Enfin si, d'accord. Ça veut dire quoi, ne pas être d'accord ? On ne sait plus. On attend de comprendre. Moi, j'ai besoin de travailler, pour mon équilibre, affirme Monique. Mais on s'en fout de ton équilibre, répond en écho notre silence. Ton équilibre ne vaut rien à côté de celui des femmes seules qui ont besoin de continuer pour nourrir leurs enfants. T'as un mari, non ? Alors qu'est-ce que tu viens pleurnicher. Une réunion va avoir lieu lundi. Ce lundi ? Encore un week-end à attendre. Tant qu'il y aura des réunions, rien n'est mort. On aime les femmes du comité d'entreprise. On voudrait que, toute la vie, elles restent nos femmes du comité d'entreprise. On a placé nos espoirs entre leurs mains. Elles connaissent nos désirs mieux que nous-mêmes et elles feront tout pour qu'ils se réalisent. Cela fait maintenant une année entière que nous sommes à vendre. Nous avons eu peur de n'intéresser personne, peur du plan social, puis nous avons fini par faire nos calculs, par nous dire que les conditions du plan étaient plutôt bonnes, et que, de toute façon, nous n'avions pas le choix. Certains s'étaient déjà prévu leur vie d'après : formation pour changer de métier, création d'une entreprise, chômage pendant deux ans avec un petit pactole qui laisserait le temps de voir venir, de laisser passer la crise. On attendait le grand jour, le jour des pleurs, des adieux, et peut-être éprouvions-nous quelque plaisir à rendre poignantes, par avance, ces heures où nos vies basculeraient, où nous serions tous dans le même bateau, agrippés les uns aux autres avant de nous quitter pour toujours. Et puis, un jour, alors que nos habitudes avaient repris le dessus et que nous continuions à travailler comme si rien ne devait advenir, on nous a réunis pour nous annoncer qu'un acquéreur potentiel était en pourparlers. Sur nos visages, ce jour-là, une sorte d'hébétude : qui pouvait encore s'intéresser à nous ? Quelqu'un pourtant pensait que nos savoir-faire et les journaux que nous portions à bout de bras ne valaient pas rien. Des sourires se sont peints, des grimaces aussi. Nous avions cessé d'y croire. Retourner à l'espoir n'était pas chose simple.

PATRICK SABAROFF

Ils font tous la tronche. Je ne comprends pas. Sans ce type, on était morts, finis, achevés, au chômdu. Saint-Cloud, Issy-les-Moulineaux, Villepinte, Porte de la Chapelle, Montreuil... À chaque nouvelle rumeur sur l'endroit où l'on est supposés aller bosser, c'est la panique. Qu'est-ce qu'ils veulent ? Les Halles ? Odéon ? Bastille ? Moi, je respire enfin. Et cette respiration a un nom : Paul Cathéter. Évidemment, je n'ose pas le dire.

D'ailleurs, personne n'ose l'avouer. Mais tout le monde est soulagé. Quoi, un vulgaire homme d'affaires, un faiseur de pognon, un requin, un sans états d'âme ? Mais encore heureux qu'il existe des mecs qui ont envie de défendre les causes perdues ! Putain, ça fait un an que j'attends ça. Et je suis obligé de tirer une tête d'enterrement après chaque réunion où nous sommes conviés par les trois princesses syndiquées. Elles ont enfin quelque chose de sérieux à se mettre sous la dent. Il faut les voir faire leurs belles. Elles ne se sont jamais aussi bien habillées que depuis qu'elles nous mettent en garde contre le monstre qui ose annoncer que les choses vont bouger. Il est quand même grand temps que ça bouge ! Ça fait un bail qu'on aurait dû s'intéresser aux nouveaux supports pour communiquer. Mais non, nous, on aime le papier, on croit au papier, rien ne pourra jamais remplacer le papier. Je rêve ! *Il faut savoir que nous devrons abandonner nos métiers. C'est la fin de Mercandier Presse. Nous ne pouvons pas encore vous dire avec exactitude ce que ce Paul Cathéter compte faire de nos journaux.* Christine, muette mais solidaire, arborait des mines sous-entendues, consciente simplement de l'effet qu'elle produisait dans la robe rouge qu'elle venait de s'acheter pour l'occasion. Elle avait accroché au niveau de la poitrine une broche en forme de papillon. J'ai eu honte mais, quand je l'ai croisée dans le couloir, une heure avant la réunion, je lui ai dit :

— Le rouge te va drôlement bien.

— C'est la couleur de la lutte, m'a-t-elle répondu dans un sourire que j'ai trouvé hideux, tant le rouge, la lutte et le sourire me semblaient tout droit sortis d'un slogan publicitaire pour une serviette hygiénique.

— En tout cas, tu sembles en forme, l'ai-je encouragée.

— Il le faut bien, a-t-elle concédé avec un soupir qui laissait entendre à quel point elle donnait d'elle-même pour sauvegarder notre dignité.

Et c'est ainsi que je me cache, pas beau, pas beau du tout le Patrick, moche à gémir. Mais ce temps finira, je serai enfin heureux, libre de dire que je les ai trouvées pathétiques, que la preuve en est : nous avons surmonté notre déficit et nous exerçons enfin une activité en accord avec le monde d'aujourd'hui.

Est-ce que je pourrai penser cela, un jour ? En moi persiste une petite peur, que j'étouffe car la peur est néfaste, mauvaise, idiote et lâche. Je ne suis pas un idiot, enfin, je ne crois pas, enfin, je ne sais pas, non, je suis sûr que non. Je suis un battant, et je n'ai pas honte de le dire.

ARIANE STEIN

Je m'en moque. Je ne bougerai pas.

Elles étaient quinze, jupe relevée sur petite culotte pour la plupart, cheveux détachés pour certaines, relevés par un élastique pour d'autres, des chaussures à talons aiguilles, excepté Bénédicte la sportive qui portait des baskets pailletées, ou bien pieds nus, les bras le long du corps, dans une attente stupide. Rien ne dépendait d'elles, sauf peut-être la possibilité qu'elles auraient de m'émouvoir, mais elles ne le savaient pas. Les poupées sont des monstres. Je les ai enfermées dans un carton qui m'a suivie de déménagements en déménagements, incapable que j'étais de renoncer à l'idée que je ne rejouerais plus jamais avec elles, et sachant pourtant que, si j'ouvrais un jour le carton, ma vie prendrait la tournure d'une mauvaise plaisanterie. Ce serait alors le moment de disparaître, de partir en douceur, avec des médicaments, mais vraiment je ne sais plus ce que je dis. Je manque cruellement d'un mari pour me remettre les idées en place. Chat est un chat, rien qu'un chat, et je me pelotonne contre lui parce qu'il est doux et gentil, mais un mari, bon sang, c'est autre chose. Les filles de Mercandier Presse ont des maris pour la plupart. L'autre jour, j'étais en train de boire un café avec Amandine. Nous parlions de la situation, ce que nous faisons tous quand nous nous retrouvons le temps d'une pause. J'étais en train de lui expliquer que j'avais peur d'être licenciée, malgré la promesse du repreneur de ne licencier personne dans un premier temps. Tu comprends, lui disais-je, je n'aurai jamais, à mon âge, la possibilité de trouver un autre emploi. Il faut être réaliste : je suis... Son téléphone portable a sonné. Elle a répondu, ne s'est pas éloignée pour me préserver de sa conversation. Oui mon chou (...) Non, je n'aurai pas le temps de passer par Picard ce soir (...) Oui, tu en prends deux kilos, ça suffira (...) OK, j'achète le vin (...) Ils viennent à quelle heure? (...) Super. Bon, à ce soir, bisous. Pardon, tu disais? a-t-elle repris en se tournant vers moi. C'était trop tard. J'avais eu le temps d'imaginer la soirée d'Amandine. Les baisers dans le cou qui l'accueilleront dans l'entrée de l'appartement me font mal, les verres qui s'entrechoqueront pour trinquer me font mal, les allusions aux dernières vacances, C'était vraiment bien, et si on repartait ensemble au même endroit cette année? me font mal, les bâillements à une heure du matin qui inviteront les amis à rentrer chez eux et le moment délicieux où les hôtes iront se blottir dans le lit en se réjouissant de leur soirée me font mal. Amandine, patiente, attend que je lui explique en quoi ma vie est compliquée. Je l'en dispense par un mouvement d'épaule qui signifie qu'il n'y a pas grand-chose à en dire, finalement. Ne t'inquiète pas, me rassure-t-elle, il paraît qu'il a l'intention de garder tout le monde, alors, tu ne risques rien. Chère Amandine, elle ne s'y serait pas mieux prise pour m'expliquer que, dans le cas contraire, je serais la première sur la liste. Elle me fait un peu penser à Babeth, jolie, bouche en cœur, mais pas très finaude. Aucune chance jamais de gagner le concours, mais toujours présente, bonne fille, voulant participer. Je l'aimais bien, Babeth, avec sa jupe tournante à mi-cuisses et son débardeur à paillettes. J'avais un peu de peine pour elle, et quelques remords à la faire participer, sachant par avance qu'elle serait toujours perdante.

LE CHŒUR

Tout va aller vite maintenant. Nous nous réunissons souvent parce qu'il est important de communiquer les dernières informations. Parmi les choses que nous apprenons : *Le print devra être de moins en moins important. Mercandier Presse va devenir une entreprise de propriété intellectuelle. Nous allons passer d'un mode «groupe» à une PME.* Parmi ces choses : *Il n'y aura pas de culture sociale.* Parmi ces choses : *Nous faisions des journaux pour les enfants, nous devrons maintenant nous intéresser aux jeux vidéo, aux jouets, aux sites Internet.* Parmi ces choses : *Individualisation des objectifs de travail et de carrière.* Nous prenons des postures qui espèrent signifier que nous sommes en désaccord, nous regardons les trois sirènes en hochant la tête, nous ne sommes pas contents, ça se voit : les mains se tordent, les jambes se plient et se déplient, les visages continuent de se tendre vers l'information, mais pour apprendre quoi ? *Cela fait plus de cinq ans que Mercandier Presse « pisse du cash » ; il faut cesser l'hémorragie en restructurant des prestations de service.* Quoi ? Il a dit ça ? Il parle de cette manière-là ? Nous refusons d'y croire. *Il faut faire passer la part de marché de Mercandier Presse de 14 % à 22 %.* Qu'est-ce que ça veut dire ?

Pour le moment, nous sommes encore ici, dans cet endroit complètement aseptisé et hostile auquel nous nous sommes finalement adaptés et que nous commencions à peine à aimer. Nous sommes de bonne volonté et nos efforts ne pourront être que récompensés. Nous sommes amis, nous sommes ensemble, nous buvons un café le matin, du thé l'après-midi, et nous regardons les nuages de nos fenêtres. Nous avons un avenir. Pas de drague entre les portes, pas de coucheries, pas de haine, pas d'amour, nous sommes concentrés sur notre travail et, du matin au soir, nous pensons aux enfants qui vont lire les belles histoires illustrées, qui vont réfléchir pour réaliser les jeux, collectionner les fiches, concocter les recettes, chercher l'intrus, lever le mystère de l'énigme, apprendre qui était Toutankhamon. Toutankhamon, un si beau nom. Toutankhamon. *Modifier les contrats de travail, Revenir sur les 35 heures, Te faire crever de désespoir en te demandant de rédiger le catalogue de jouets de la Grande Récré, Te convaincre que tu es lent, inutile et désespérant, Encombrer tes nuits, T'obliger à avouer que tu es un faible, Vider l'être vivant.* Les bouches se crispent, les yeux se stabilisent, mais l'espoir subsiste. Et si ce n'était pas si atroce? On verra bien, dit-on en se relevant de positions inconfortables, l'une demandant à l'autre de l'aider à se redresser; elle a mal au poignet. On se tend encore la main, on s'aide, on ne se laissera jamais tomber. Les jeunes sont vieux soudain.

ARIANE STEIN

Je suis employée dans cette société. Je n'aime pas particulièrement mon travail. Je l'exerce, le pratique tous les jours depuis treize ans, et il ne m'incommode pas non plus. Je lis des manuscrits, les sélectionne, propose aux auteurs des améliorations. Je suis également conceptrice de jeux. J'ai évolué. J'étais simple rédactrice, et je suis maintenant responsable du secteur éditorial. J'ai rencontré des problèmes relationnels avec ma supérieure hiérarchique, mais je les ai surmontés tant bien que mal. Je voudrais que rien ne bouge. Ma situation me convient parfaitement.

PATRICK SABAROFF

Je ne vois pas le prétendu mal qui nous attend. J'ai hâte d'y être. Ça fait longtemps que je pense que nous sommes un groupe de branleurs qui ne parlent que de RTT. J'ai hâte de rencontrer ce Paul. Il a des idées, des projets, des trucs qui ne nous effleurent même pas l'esprit, figés que nous sommes par nos petites habitudes de petites personnes. Leur peur, c'est qu'il revienne sur les accords des 35 heures et qu'il nous sucre le surplus de vacances que nous avons grâce à notre convention collective. Mais si nous ne faisons pas d'efforts, tout s'écroulera. Cet esprit individualiste me fout le cafard. Le problème, c'est que je ne trouve pas une âme dans cette fichue boîte qui communique avec la mienne. Si je m'exprime un tant soit peu, les sourcils se lèvent, la suspicion se lit dans leurs yeux, et je sens que, si je persiste, le dégoût se peindra sur leurs lèvres, jusqu'à me faire sentir à quel point je ne suis pas des leurs. Or ma situation ne me permet pas d'imposer des idées. Pas encore, pas tout de suite. J'ai encore besoin d'eux. Je ne veux pas être évincé d'une organisation qui va s'établir petit à petit, insidieusement, en amont des décisions officielles. Chacun de nous va chercher à se placer. Et, s'il est évident qu'il ne nous gardera pas tous, malgré la promesse de ne licencier personne, il ne serait pas très malin de me désigner comme celui qui sera main dans la main avec lui, quelles que soient ses exigences. J'apparaîtrais comme un opportuniste, et il est préférable de ne pas avoir l'air d'accepter le soi-disant inacceptable, pour mieux s'y plier ensuite. C'est un plan, une idée, un projet. Et tout projet mérite réflexion, discrétion. Ne pas trop en dire, ne pas trop en faire, moutonner avec le troupeau, et puis, sortir du lot. Auguste

Poudrin est le seul qui ne semble pas affecté par la situation. Il continue à être concentré sur son travail et son enthousiasme pour un changement de couleur est resté intact. Je voudrais être comme lui ; je suis comme lui. Mais, bon sang, pourquoi on s'acharne à se battre contre des moulins à vent ! Tout le monde pliera ! Ils le savent déjà, leurs poings sont serrés, mais leurs yeux sont vides.

LE CHŒUR

Nous sommes fatigués. Ce soir, chacun de nous ira se coucher, l'un avec un mal de pied, l'autre avec un mal de reins, l'autre avec un mal de tête, l'autre avec l'impression qu'une souris lui ronge l'estomac, l'autre avec une douleur qui lui vrille la nuque, l'autre avec un verre de vin, l'autre avec une bonne dose de médicaments, l'autre avec un sifflement dans l'oreille, tous avec un je-ne-sais-quoi de tristesse que personne n'entend. La tristesse est un sentiment dont le périmètre est flou et que l'on n'associe pas à une situation professionnelle, pour des raisons inconnues. On ne dit pas : Je suis triste de travail. « Mon travail me rend triste » ne signifie pas la même chose. Nous avons voté et décidé que nous soutiendrions le comité d'entreprise dans sa décision de s'opposer au rachat tant que nous ne serions pas rassurés sur le volet social. Nous apprenons qu'un volet peut être social. Nous oublions ce que « volet » signifie, tant nous accolons les mots sans nous rendre compte que ces associations nous mènent à la perte du sens. « Le volet social est la part manquante. » On applaudit. Nous ne voulons pas lâcher sur l'histoire du volet social. C'est quoi le volet social ? C'est quoi une part manquante ? Nous empruntons leur vocabulaire, réclamons un business plan, nous préoccupons de la façon dont nous allons être « managés ». L'ordinateur accepte ces termes, il ne les souligne pas d'un zigouigoui rouge pour indiquer une erreur d'orthographe. Nous sommes bien fatigués, même plus capables de nous tenir sur nos doigts, qui tapent des textes, qui créent des images, qui exécutent des calculs savants, qui pensent. Tenir bon nous anéantit, nos forces s'amenuisent. Nous remettons en question la pertinence d'une opposition. Est-ce que ce ne serait pas une manière de signer notre perte ? Et pourtant, nous luttons, mais nous luttons assis.

LA DG

Paul Cathéter m'a demandé si j'acceptais le poste de directeur général. J'ai dit oui sans réfléchir, puis je suis revenue sur mon oui, l'ai assorti de conditions et, quand je me suis aperçue que parler « conditions » était vécu par lui comme une offense, j'ai affirmé mon oui, et l'ai dépoussiéré des conditions. Je veux devenir directeur général depuis trop longtemps pour ne pas accepter la proposition. Je préfère DG, ce n'est ni féminin ni masculin. Dolce&Gabbana est une marque qui a mes faveurs. J'étais née pour devenir DG, c'était affiché partout : sur mes lunettes, sur mes seins, sur mes fesses, mais assez discrètement pour que je ne sois pas débusquée. J'occupe actuellement un poste de directrice des rédactions, et je dirige une équipe qui, quoiqu'elle soit un peu molle, fournit du bon travail. L'autre directeur des rédactions, Laurent Berrichon, un garçon que j'ai formé et qui m'a lâchée parce qu'il avait les dents qui rayaient le parquet, va partir. Il s'est insurgé contre la nouvelle gouvernance et n'a pas supporté l'idée que je puisse lui être supérieure. Il a bien négocié son départ et je me réjouis de sa décision. Il ne sera pas remplacé, et j'aurai sous ma responsabilité les journaux qu'il dirigeait. Mais cela ne me fait pas peur ; il suffit de placer les bons pions au bon endroit. Je crois que je possède en moi ce don d'organiser les choses comme elles me conviennent sans que personne ne se rende compte que je tire les ficelles. C'est ce que j'ai mis en avant auprès de Paul Cathéter et j'ai senti que j'avais fait mouche. C'est le genre de type à apprécier que l'on soit capable de s'évaluer, quitte à livrer de soi ce que d'aucuns jugent bassesses mais qui, chez des gens de notre trempe, se nomme : appréciation des qualités requises pour diriger. Je vais annoncer à mon père que je suis DG. Il le saura bien avant tous les employés de cette boîte devant lesquels je dois jouer l'idiote au courant de rien. Il le saura, et il l'oubliera aussitôt, mais je le lui aurai dit, je l'aurai vu faire l'effort d'assimiler l'information, j'aurai décelé dans son regard la trace du souvenir de ce qu'est une vie réussie. Peut-être même aurai-je la chance qu'il s'y arrête une seconde, pendant laquelle il admirera ce que je suis devenue — Directeur Général, ça c'est quelque chose ! —, il entreverra enfin que mon travail a un sens, et que l'absence des diplômes qu'il rêvait que j'obtienne (ENA, ENS) ne m'a pas empêchée de devenir quelqu'un. Quelque chose, quelqu'un... Et puis tout s'éteindra. Il me demandera : Rappelle-moi, qu'est-ce que tu fais ? Mais cette précieuse seconde, si elle existe, me fera grandir d'un seul coup. Je ne serai plus la petite fille en quête de reconnaissance paternelle, mais une femme qui a pris son destin en main.

PATRICK SABAROFF

Je les vois tous qui baissent la tête désormais quand ils se croisent, se déplaçant comme des bêtes de somme d'un point à l'autre, se sachant condamnés, mais ignorant tout de la faute qu'ils ont commise. Plus aucune info ne circule. Le silence s'est installé depuis quelques jours, on ne sait pas qui deviendra qui, qui dirigera qui, qui restera, qui partira, qui craquera. Notre prochaine destination est tenue secrète. Il y a bien des République, des Boulogne, des Issy-les-Moulineaux qui circulent, ou, pire encore, Villepinte. Et chacun de se plonger dans l'étude méthodique du plan de métro, du plan de RER, poussant des soupirs, levant les yeux au ciel ou serrant le poing de la victoire (la mère de Monique vit à Villepinte). Mais dès le lendemain, il faut refaire le parcours, réétudier le temps de transport, calculer les changements. Quelqu'un a lâché : Pontault-Combault. Pontault-Combault. Un pavé dans la mare. C'est en France ? a demandé Agathe. On a éclaté de rire, gênés, parce que certains savaient, d'autres pas. Oui, c'est en France, ai-je dit, dans le 77. Ils m'ont regardé comme si je détenais les clefs de leur avenir. Le nom fait rêver, on dirait l'Afrique. Moi, ça ne me gênerait pas d'aller en Afrique. Je préférerais l'Amérique du Sud. Le Mexique, par exemple. Le Mexique, ce n'est pas exactement l'Amérique du Sud. Quitte à bouger, l'Asie me plairait mieux. Tu connais l'Asie ? Non, justement, c'est un rêve pour moi d'y aller. Moi, c'est New York. New York, je sais, ça fait cliché. Mais quand tu es allé à New York, tu t'es pris une telle claque que tu te dis qu'aucune autre ville au monde ne pourra te faire cet effet. Tu te retrouves dans le décor de tous les films cultes. À New York, tu marches forcément sur les traces de quelqu'un et, quand tu jettes ton chewing-gum à la poubelle, tu imagines que cette poubelle a été le réceptacle du chewing-gum de Marlon Brando. Yes, à New York, je veux bien y aller. Putain, mais puisque je te dis que Pontault-

Combault c'est pas un quartier de New York. C'est le 77 ! Christophe Perritoni s'est arrêté de parler mais, loin de me jeter un regard mauvais, il a souri, et s'est excusé de s'être emporté. Ouais, New York, faut pas rêver, garder son boulot, c'est déjà bien. Il y a eu dispersion, chacun rejoignant sa place pour reprendre son activité. On évitera désormais d'évoquer une ville, un pays, un lendemain. Ils commencent à comprendre qu'on ne relève pas une boîte avec des rêves.

LE CHŒUR

Nous croisons maintenant Paul Cathéter dans les couloirs. Il ne s'est pas présenté à nous, mais ce ne peut être que lui, notre repreneur, en aussi repoussant mais en moins sympathique que l'image que nous avons captée de lui sur Internet. Notre patron est sous notre nez, pour ainsi dire. Contrairement à celui qui nous gouvernait auparavant et que nous ne connaissions pas, si ce n'est de réputation car il dirige le journal le plus prestigieux de France, nous avons avec ce nouvel homme une proximité inédite. Nous quittons un grand groupe de presse, ce qui flattait en nous la possibilité d'une reconnaissance auprès de ceux qui ignorent tout de la façon dont se constituent les groupes, pour appartenir à Paul. Pierre, Paul, Jacques, comme on dit. Nous, c'est Paul. Les choses avancent mais nous ne bougeons pas. Nous ne voulions pas de cet homme, présenté comme le seul désirant relever le challenge de redresser notre société. Mais nous désirions continuer à vivre et à créer. C'est lui ou rien, nous a-t-on dit. Plutôt lui que rien, avons-nous répondu. Donc, c'est lui, nous a-t-on dit. Alors c'est bien, avons-nous répondu. C'est mieux que rien, nous sommes-nous persuadés. Bien mieux que... Bien mieux que quoi ? Pointer au chômage ? Ne plus travailler ? Ne plus se croiser le matin devant la machine à café ? Ne plus concevoir de jeux pour les enfants ? Ne plus leur écrire d'histoires ? Ne plus fidéliser les abonnés ? Ne plus passer du temps en réunions à tergiverser pour savoir quel produit proposer avec le magazine ? Ne plus mettre son môme en avant pour prouver qu'à cet âge on est capable de ? Ne plus entraîner les non-fumeurs aux pauses clopes pour papoter de la soirée de la veille ? Ne plus exercer son pouvoir sur son équipe quand on a été nommé chef ? Ne plus être fier des couleurs d'une couverture ? Ne plus refuser un déjeuner en arguant un boulot fou, un stress énorme, une pression monumentale ? C'est avec une jouissance ignorante d'elle-même que nous nous proclamons indisponibles. On serait presque flattés d'appartenir à un monde où l'on n'a plus le temps de peser l'essentiel, patron d'un semblant de soi qui se refuse aux autres tant les autres ont peu de poids à côté de l'enjeu. Enjeu imaginaire, bien sûr, mais qui tient la dragée haute. Je suis débordé, dit-on.

Mais l'on aime que ça déborde, que ça nous dépasse, que ça nous inonde. Avoir du temps serait presque l'aveu de notre inutilité.

Il faut que l'on se réunisse, que l'on discute, que l'on échange les informations pour éviter de se faire piéger par trop d'ignorance. Les rumeurs courent comme des lézards le long des plinthes sinistres de nos locaux que nous abhorrons mais auxquels nous nous accrochons en craignant pire encore. Les lézards et les plinthes se rejoignent gaiement pour dire : Oh là là, que ça va vite. T'es sûr ? C'est incroyable ! Tu crois vraiment qu'il ira jusque-là ? Mais oui, regarde, ça commence : Agathe est dans tous ses états ! Mais pourquoi ? Il paraît qu'il lui a signifié sa lenteur ! Lente, Agathe ? Je ne savais pas, il faut dire que je ne travaille pas avec elle. Elle est un peu lente, c'est vrai, mais elle est perfectionniste. Vilain petit lézard, sale petite plinthe, Agathe est déjà sur la touche, regardée par nous comme une chose à protéger, parce que nous sommes solidaires, que nous avons conscience qu'il faut défendre son prochain pour nous sauver nous-mêmes. Regardez comme nous sommes beaux, unis et groupés contre l'adversité. Nous ferons ce que nous pourrons pour repousser l'ennemi, mais peut-être pas au point de fournir à l'ennemi le moyen d'anéantir notre propre personne. Pas un de nous n'a dit : « Je suis lent, moi aussi. »

ARIANE STEIN

Je ne bougerai pas. On s'agite autour de moi, on tente de me perturber. Ce soir, j'ai appris que le père de mes enfants, dont je suis séparée depuis un an, a une amie. Je ne bougerai pas. Elle s'appelle Dominique, un prénom qui ne m'évoque rien. C'est aussi celui d'une personne qui deviendra chef, ai-je appris aujourd'hui grâce à la rumeur. Dominique est un prénom qui entre dans ma vie ; c'est ce que je conclus des récents événements. À ce stade, il n'y a rien à faire, ni à penser.

AGATHE ROUGIER

Et je me suis mise à éprouver une étonnante affection pour Babeth, sachant par avance qu'elle serait toujours vaincue. Jusqu'à me rendre compte que je m'apitoyais sur moi-même. Je suis cette perdante qu'était Babeth, et qu'elle est encore, perdue parmi les autres dans un carton, allongée et ballante, inutile, mais souriante. Le plaisir des poupées ne m'a pas quittée. Pourtant je résiste à l'envie de les installer et de les mettre en compétition de nouveau. Je ne comprendrai jamais à quel point il est inutile de comparer les seins et les fentes, les cheveux et les habits, les chaussures à talons et les chaussures plates. Plates, c'est mal, hautes, c'est bien. Ce rêve me poursuit comme un petit chien qui serait sur mes traces toute la journée. Je ne peux m'empêcher d'aligner Amandine auprès de toutes les autres femmes de Mercandier Presse et de penser que c'est la plus belle. C'est mon Isabelle aux yeux clairs, à l'avenir long, aux hommes prêts à se damner pour son regard qu'elle a fou et lointain, mais je dois cesser de considérer Amandine comme la femme que j'aimerais tenir dans mes bras, simplement pour que sa peau jeune contre la mienne usée me communique sa force. N'est-ce pas plutôt elle qui s'abîmerait à mon contact? Laisse Amandine tranquille, m'ordonné-je comme si j'avais le pouvoir de lui faire du mal. Le mal, je m'en éloigne, systématiquement. J'ai senti sa présence lorsque j'ai demandé si Pontault-Combault était en France. On a pour moi une tendresse imbécile. J'attire la pitié malgré moi. Je suis condamnée à être l'une des premières désignées pour quitter les lieux. Pourtant, on n'a pas annoncé de licenciements. On parle de sélection naturelle. La rumeur s'est emparée de cette expression « Sélection Naturelle », au point d'en avoir fait un sigle. Tu es prêt pour la SN? se demandent-ils en rigolant dans le couloir. On rit de tout, en ce moment, y compris de la façon dont on est habillés et des changements de tenue qu'il va falloir envisager pour se conformer aux goûts de Paul. Nous sommes des femmes, principalement, et les rares hommes qui se fondent parmi nous ont pris des allures efféminées. Nous sommes asexués par nos fonctions, y compris dans le secteur commercial ou à la fabrication. Travailler pour les enfants nous rend ainsi, sans désir physique, sans fantasmes, sans envie de nous toucher les uns les autres, sans euphorie. J'aime cette paresse tranquille qui nous unit et qui fait de nos huit heures des moments où l'enjeu reste de devoir « faire » sa journée, et puis de rentrer chez soi, de trouver un chat qui nous aime, une télévision parfois, un lit qui nous connaît bien. Programmer le réveil pour sept heures le lendemain, et repartir vers la confiance, sans crainte, sans peine, sans angoisse. Que cette vie-là ne s'arrête jamais. Je me fiche d'être la Babeth des autres, pourvu qu'on me laisse en paix. Je suis lente. C'est Dominique, promue au rang de chef, qui me l'a fait savoir. Paul Cathéter aurait déjà repéré en moi un aspect du grand problème. La lenteur me sied et me permet de rester calme, méticuleuse, bonne travailleuse. Je ne m'emballe jamais. Pour le bien de l'entreprise. Et maintenant, maintenant, il faudrait que j'accélère la cadence pour garder ma place, la seule que j'ai, l'unique lieu de mon émancipation. Personne, jusqu'ici, ne m'avait reproché ma lenteur. Je voudrais avoir un père ou une mère en vie à qui demander pourquoi je suis ainsi faite. Peut-être m'apporteraient-ils des réponses. Ou peut-être pas. Je suis si fatiguée.

République, République, République... Une station de métro qui porte chance à la plupart d'entre nous. C'est en plein centre de Paris, à quelques centaines de mètres de chez certains, sur la connexion RER Nation pour d'autres. Cela nous réjouit, nous apaise, nous réconforte. République, quel soulagement ! On s'endormirait presque tranquilles. Villepinte et Pontault-Combault ont été évités. Notre repreneur n'est peut-être pas si mauvais qu'on croit. Monique seule semble un peu déçue. Elle aurait bien combiné les visites à sa mère avec le boulot. Mais le chagrin de Monique nous paraît dérisoire par rapport au danger auquel nous avons échappé. On doit fêter ça ! lance Brigitte, dont on n'a plus beaucoup entendu parler ces temps-ci, le travail du comité d'entreprise étant ralenti pour le moment. Oui, et avec du champagne ! dit en écho une voix indéterminée à laquelle se joignent d'autres échos, qui nous entraînent à boire pour marquer le point où nous allons atterrir, dans un état lamentable, fait de plus d'une année d'attente, de lutte inutile, d'espoirs vains, d'arrêts maladie, d'inquiétudes, de peur, de nuits blanches, de décisions de divorce remises à plus tard, de « serrons-nous les coudes » qui ne veulent plus rien dire, d'apparitions d'eczéma, de fautes professionnelles minimes, de pleurs sans raison apparente, de fatigue, de résignation, de trouillomètre à zéro à la perspective du chômage, de chansons révolutionnaires qui nous rappellent qu'un autre monde a existé, un monde de courage et de revendications, un monde où l'on s'arrête tous de travailler en même temps pour exprimer la réprobation, un monde d'on n'en peut plus, on ne veut pas continuer comme ça. Le monde a sorti son cran d'arrêt, il y a longtemps, puis a repris sa course. Mais le moment a existé.

Ce matin, parce que Muriel Dupont-Delvich, fraîchement nommée directrice générale, nous a annoncé qu'on était bien lotis, bien blottis dans un endroit niché au cœur de Paris, on parle d'ouvrir le champagne. Nous ne savons pas ce que nous allons faire dans cet endroit, ce que nous allons y vivre, ce que nous allons y subir, mais nous sommes contents. Il n'y a qu'à regarder nos visages. Un apaisement visible se lit sur toutes les faces. Car nous sommes des faces qui renvoient des situations. Et la situation n'est soudain plus si dramatique que ça, puisque nous pourrons bénéficier de tickets restaurant, nous qui ne connaissons que l'univers de la cantine. Et nous serions presque reconnaissants au destin, la bouche en cœur, et les tripes remises bien à leur place. Fêtons! et, oui, buvons du champagne. Je connais un excellent producteur, dit l'un de nous, qui livre dans les quarante-huit heures à l'adresse indiquée. Cotisons-nous, épaulons-nous, faisons équipe, je m'occupe du champagne, je m'occupe des coupes, je m'occupe des trucs apéritif, je m'occupe de réserver une salle, je m'occupe de prévenir la direction, je m'occupe de... Nous sommes unis, vraiment unis. Et la solidarité dont nous faisons preuve fournit à nos lèvres le prétexte de sourire pour de bon, sans arrière-pensées, sans solitude.

LA DG

Les choses ne se présentent pas si mal. L'annonce du futur aménagement en plein Paris a détendu l'atmosphère. Les regards sont moins hostiles, les démarches moins lourdes, les pauses café moins fréquentes. Paul Cathéter a lâché prise sur son Ouest parisien ou sa grande banlieue, et cela donne l'espoir aux employés de l'entreprise qu'il est capable de revenir sur les choses qu'il tente d'imposer. Moi, je sais bien que ce ne sera pas le cas. Paul Cathéter a cédé pour deux raisons : la première, c'est qu'au fond il s'en fout puisqu'il gouvernera de loin, la seconde, c'est que j'habite à Trocadéro, et que République est sur ma ligne. J'y vois comme une concession à ma personne, et ne peux m'empêcher de lui être reconnaissante, malgré l'horreur qu'il m'inspire. Bedonnant, le cheveu gras, l'air renfrogné, la voix hésitant entre le grave que lui confère son pouvoir et l'aigu que lui dicte son hystérie dominatrice, le cou pâteux. Et pourtant, quelque chose en lui n'inspire aucune pitié. C'est sans doute là sa force : être repoussant et ne pas attirer sur lui la commisération. Il impose le respect, quoi qu'on en dise. Et ça commence à jaser dans les couloirs. J'ai même su que l'un de nous ne parlait de lui qu'en le nommant « Gros Porc ». Je suppose que je devrais aller trouver cette personne pour la mettre en garde, lui demander de retenir ses mots ou de faire en sorte que je ne sois pas témoin de l'appellation. Mais je ne ferai rien. Je ne désire pas intervenir pour prévenir. Il n'y a rien ni personne à prévenir. Le danger s'annonce, court sur l'échine de chacun de nous, et, d'une certaine manière, cela me réjouit plutôt. Quand je dis « nous », je veux les désigner « eux ». Je dois apprendre à me désolidariser du groupe. Je reconnais que pour moi qui aime les gens, qui éprouve du plaisir à écouter leurs problèmes, qui participe à leur vie dispensant conseils et consolations, difficile sera le chemin qui m'éloignera d'eux, me forcera à considérer leurs plaintes comme des humeurs déplacées, à naviguer entre le souvenir de nos relations et nos relations. Car, m'a prévenue Paul Cathéter, il faudra changer ma façon de gouverner : Vous voulez participer au redressement de cette boîte, ou vous accrocher à des principes qui conduisent à sa perte ? J'ai failli m'étrangler, mais je ne me suis pas étranglée. Mon corps a accusé le choc sans piper, et je me suis même surprise à reconsidérer ma vie sous un angle neuf. Qu'ai-je fait de ma vie, sinon me vouer corps et âme aux autres ? Les embauchant, les formant, les formatant, les comprenant, les écoutant, les encourageant, leur donnant une chance de se surpasser, de tenter des expériences auxquelles ils n'auraient pas songé eux-mêmes. Et cela sans attendre de reconnaissance, simplement par goût du risque, du jeu, du challenge. Parce que, la reconnaissance, il a fallu que j'y renonce. Je ne serai plus en quête, plus en demande. Je ne me tordrai plus de douleur parce que Ariane a eu ce sourire ironique pendant la réunion où j'ai annoncé que j'allais occuper de nouvelles fonctions. Je lâche mon poste de chef d'équipe pour endosser le rôle de chef tout court. C'est mon rêve depuis toujours, pourquoi le nierais-je ? Mon père a toujours eu horreur des chefs, et j'ai pensé que, puisque j'aimais mon père, je devais faire profil bas. Mais je relève la tête, m'autorise à regarder vers le haut. Le haut est loin, un horizon, enfin.

DOMINIQUE BERCANTA

Je porte le nom d'un écrivain que je n'ai jamais lu. Je l'ignorais. Quelqu'un me l'a appris l'autre matin, me demandant si je faisais partie de sa famille. J'ai répondu « non » en éprouvant une sorte de regret dont j'ignore la nature. J'aurais voulu être sa sœur, sa fille, sa mère, avoir quelque lien avec cet homme qui écrit de très bons romans, m'a-t-on dit. Le regret a muté en dépit, et je n'ai pas la curiosité de découvrir ses livres. Le même jour, Muriel Dupont-Delvich m'a convoquée dans son bureau. Alors que j'hésitais devant sa porte, m'interrogeant sur les raisons de cette rencontre (ce n'était pas ma chef d'équipe et nous avions dû nous saluer de loin une dizaine de fois tout au plus), Muriel Dupont-Delvich a eu ce geste impatient de la main qui confirmait que c'était bien moi qu'elle voulait voir. Je suis entrée dans son bureau, c'était la première fois.

— Asseyez-vous, Dominique.

J'ai déplacé la chaise un peu de côté pour ne pas lui faire face.

— Vous n'êtes pas sans savoir que Laurent Berrichon va quitter l'entreprise et qu'il ne sera pas remplacé.

J'ai acquiescé. Je le savais, bien sûr, comme tout le monde, mais rien n'avait été annoncé officiellement. J'ai décelé un tel plaisir dans les yeux de Muriel Dupont-Delvich qu'un frisson m'a parcourue. Son bureau envahi de plantes grasses a soudain rétréci, comme dans les films d'épouvante où les murs se resserrent, et j'aurais voulu qu'elle ouvre la fenêtre. J'étais sur le point de le lui demander lorsqu'elle a enchaîné :

— Ma démarche a ceci de particulier que je m'adresse à vous alors que je vous connais peu. J'aurais pu tout aussi bien me rapprocher de ceux avec qui je travaille en équipe depuis des années. Mais, assez tergiversé : Dominique, j'ai besoin d'un bras droit, et j'ai pensé à vous.

Les plantes semblaient s'être donné le mot pour occuper davantage de place encore, je ne voyais plus qu'elles. Le visage de Muriel Dupont-

Delvich disparaissait sous les feuilles et se fondait à la couleur verte. On eût dit un caméléon, et mes oreilles bourdonnaient comme à l'approche d'un danger.

— Dominique ? Vous ne vous sentez pas bien ?

Je luttais de toutes mes forces pour reprendre pied. Ce n'était pas le moment de me laisser envahir par les visions.

— Je suis juste un peu étonnée, c'est tout.

— Et vous ne vous demandez pas en quoi consistera ce rôle ?

Il fallait que je me renseigne, que je m'intéresse au poste qu'elle me mettait sous le nez et qui me faisait l'effet d'une claque. Une seule question me vint :

— Pourquoi moi ?

Cela sembla la contrarier. Elle s'empara d'un stylo qu'elle décapuchonna et qu'elle reboucha, qu'elle posa puis qu'elle reprit, tout en fronçant les sourcils dans un effort de concentration intense.

— Peut-être me suis-je trompée. Peut-être n'est-ce pas vous, justement, la bonne personne. J'avais besoin de vous rencontrer pour étudier avec vous la possibilité d'une collaboration. Une nouvelle organisation va être mise en place, et Paul Cathéter m'a demandé de réfléchir à l'arbre hiérarchique qui permettrait de répercuter les directives de manière que les ordres soient vécus comme des invitations à se fondre dans l'intérêt commun que sera notre nouvelle entreprise, une entreprise gagnante et dynamique qui, si elle génère du profit, n'en sera pas moins garante de qualité.

Je luttais pour que les plantes ne se transforment pas en arbres méchants, comme dans ce conte africain que me racontait mon père le soir pour m'endormir. L'homme blanc avait jeté un sort à un baobab. L'arbre avalait les enfants et les engloutissait dans son tronc, les retenant prisonniers pendant que leurs parents, habitants du village, devaient exécuter les travaux pénibles que l'homme blanc répugnait à faire. Je ne comprenais pas les phrases dont Muriel Dupont-Delvich usait pour tenter de me convaincre. Et pourtant, quelque chose a eu prise sur moi. Cette chose ne concernait pas le sens, mais la façon dont le discours était énoncé. J'avais l'impression d'être sous hypnose, et la litanie dont je saisissais des bribes — organisation, pouvoir, intérêt, garant, gérant, responsabilité, devoir, persuasion, économie — gagnait mon cerveau, le convoitait, l'amollissait, le délassait. Je flottais, me sentais en apesanteur, comme sous l'effet d'une drogue.

— Je suis la bonne personne, me suis-je entendue dire lorsque Muriel Dupont-Delvich a eu terminé.

— Vraiment? m'a-t-elle demandé en m'examinant comme s'il se fût agi d'étudier un insecte en mutation.

Les plantes reprenaient leur place. Le visage de Muriel se dessinait de nouveau distinctement.

C'est une belle femme, me disais-je, je ne l'avais jamais remarqué.

— Oui, ce que vous venez de m'expliquer rend les choses plus claires, et je crois pouvoir vous dire d'ores et déjà que ce poste m'intéresse.

— Vous m'en voyez ravie, mais je vous conseille cependant de prendre un temps de réflexion. Je pourrais vous revoir la semaine prochaine, heu... disons même jour même heure même endroit, qu'est-ce que vous en pensez ?

— D'accord.

— Pour tout vous dire, j'ai déjà noté notre prochain rendez-vous dans mon planning.

— Donc, vous saviez que...

— Que vous accepteriez ? Bien sûr, Dominique. Je n'ai pas pensé à vous par hasard, faites-moi confiance. Je pense que c'est la meilleure décision que vous puissiez prendre dans cette boîte où ceux qui ne sont pas rapides n'ont pas d'avenir.

Je me levai, comme si je venais de commettre une mauvaise action. Mes yeux se perdirent une dernière fois dans les branchages d'un véritable petit arbre aux feuilles épaisses, robustes et ovales.

— Celle-ci, c'est ma préférée, dit Muriel Dupont-Delvich qui avait surpris mon regard. On l'appelle l'arbre du bonheur.

Dans le couloir, j'ai croisé Christophe, puis Agathe et Amandine. On s'est salués rapidement, comme on a coutume de le faire. J'ai cru un instant qu'ils savaient. Et puis les choses sont allées très vite. Muriel Dupont-Delvich n'a pas attendu le rendez-vous qu'elle m'avait fixé la semaine suivante. Quand Laurent est venu me voir, furieux que je ne lui aie rien dit, j'ai compris dans quel piège j'étais tombée.

ARIANE STEIN

La date est fixée au 15 juin. Dans un peu plus d'un mois, nous n'existerons plus dans ce lieu qui n'a pas d'âme et qui ne mérite pas notre mémoire. Et que, pourtant, je ne veux pas quitter. Je pourrais décider de me cacher dans l'ancien local où personne ne va plus parce que les produits de nettoyage sont désormais centralisés au sous-sol. L'homme de ménage m'a confié qu'il y entreposait ses vieilles baskets. Sa femme l'a menacé de les balancer au vide-ordures. Ils vivent, m'a-t-il expliqué, dans un petit deux-pièces à Athis-Mons, et les placards ne supportent pas les collections. Il s'appelle Farouk. Il ne viendra pas avec nous à République car il dépend du grand groupe de presse que nous quittons, et, m'assure-t-il, il n'est pas malheureux de nous voir partir. Il paraît que nous sommes les plus difficiles à nettoyer du bâtiment. Beaucoup d'entre nous utilisent le micro-ondes à midi pour éviter la cantine, et les restes des repas attirent les bêtes, font des miettes, et graissent les tables. Quand Farouk me raconte ça, il plisse le nez et prend un air dégoûté qui me fait hurler de rire. Je suis la seule à qui il parle. Il sait que je m'intéresse au ménage. Je le lui ai avoué lorsque je l'ai abordé la première fois. Je lui ai exposé ma façon de concevoir le propre. Il m'a regardée comme si j'étais complètement givrée, mais ça l'a amusé, qu'une femme vienne le voir pour discuter avec lui produits d'entretien et techniques de nettoyage. Lui, il s'en fiche pas mal de l'aspect ménager. Il a trouvé ce job par un ami qui savait qu'on cherchait quelqu'un, il n'avait pas d'idée préconçue, mais pas non plus d'envie particulière. On est devenus copains. Je l'accompagne parfois sur la terrasse quand il va fumer une cigarette. C'est comme ça que j'ai appris l'existence du local dans un renfoncement où personne n'a l'idée d'aller traîner. Farouk a gardé la clef. Ses baskets sont à l'abri. Je n'ai jamais exploré cet endroit sans doute exigu. Je demanderai à Farouk de me le faire visiter. Je ne crains pas qu'il refuse, mais je doute qu'il m'accorde la permission d'y séjourner. Il faudra que je réfléchisse à la façon de le convaincre.

LE CHŒUR

Aujourd'hui, 11 mai : Paul Cathéter va nous parler, s'adresser à nous directement pour la première fois. Certains ont déplacé leur RTT pour ne pas rater l'événement. Dès neuf heures, on assiste à un véritable ballet devant la machine à café. Personne n'a traîné en venant ce matin.

Tu bois une soupe à la tomate à cette heure-là? demande l'un à l'autre qui attend que l'eau s'écoule sur la poudre concentrée. Et l'autre éclate de rire : La soupe, ça fait grandir. Il semble heureux, explique qu'il fête la situation à sa manière : il troque un expresso contre une soupe Royco. C'est sa façon à lui de marquer ce jour d'une pierre blanche : Paul Cathéter, le grand patron, daigne enfin se pencher vers nous, tout petits que nous sommes. Nous n'aurions pas cru Christophe Perritoni capable d'un tel délire, lui qui, justement, s'accroche à ses petites habitudes, arrive à neuf heures précises le matin, rejoint la cantine à 12 h 30, se lave les mains toutes les demi-heures, boit un litre d'eau par jour, mange une pomme à dix heures et une banane pour son goûter. Christophe a pris une soupe à la tomate! La phrase est relayée d'un bout à l'autre du couloir. Certains sortent la tête de leur bureau pour assister à la scène. Christophe n'en revient pas d'être au centre des rires et des plaisanteries. Il n'avait pas prévu ça. Sans doute se moque-t-on légèrement de lui, mais pas méchamment, il le sent bien. Il brandit le gobelet en plastique d'où s'échappe une fumée et lance à la cantonade : À nos amours! On comprend un peu moins bien ce qu'il veut dire, les rires s'ébrouent et finissent par râler un peu, les regards se détournent, des mouvements de repli s'amorcent. On s'éloigne de la machine car, finalement, il y a trop de monde, on reviendra plus tard. Christophe voudrait que ça continue, la gloire. Il retarde le moment où il devra porter la soupe à ses lèvres, mais plus personne ne le regarde. Il se retrouve seul avec son défi, mais cela ne le fait pas flancher. Il goûte, se brûle la bouche, rejoint les lavabos pour ajouter un peu d'eau froide dans son verre en plastique, décide de boire le breuvage jusqu'à la dernière goutte, s'exécute en faisant la grimace — Mon Dieu, que c'est mauvais —, jette le gobelet dans une poubelle, se lave les mains, et résiste à l'envie d'envoyer son poing dans le miroir. Il se maudit, et accuserait bien volontiers ce Paul Cathéter de l'avoir poussé à accomplir un acte aussi imbécile.

9 h 45. Une première vague déferle vers le pôle cafétéria. On prend place, on s'assied par terre, le dos collé au mur pour les mieux lotis, les autres se tenant droit car les casiers ne permettent pas de s'appuyer confortablement. On se regarde, gênés d'être en avance, un peu coupables de se sentir à ce point concernés par la proposition d'une figure, d'un discours, d'une rencontre.

9 h 55. Muriel Dupont-Delvich prend place dans l'un des deux fauteuils libres. Nous pourrons ainsi assumer notre nouvelle collaboration, pense-t-elle, et répondre aux questions en faisant bloc, Paul et moi. Il est parfois important de faire bloc, même si des divergences existent entre nous.

10 h 00. Les derniers nous rejoignent, pas fâchés de se répartir derrière les premiers, refusant les places que nous pourrions leur offrir en

nous poussant un peu, ayant à cœur d'être debout et non avachis pour écouter, regarder, juger. Rester sur ses deux pieds, la tête froide. La cinquantaine que nous formons, toutes professions réunies, fait silence d'un commun accord, d'un front uni, d'une même appréhension.

Paul Cathéter n'est pas en retard. Il est soudain devant nous, décline d'un geste de la main l'invitation de Muriel Dupont-Delvich à prendre place à ses côtés. Le désappointement de celle-ci n'échappe à aucun de nous. Elle fait mine de se lever, et puis non, elle reste assise.

Je suis votre nouveau patron. Mais je suis sûr qu'au fond tout le monde le sait. S'ensuit son rire qui racole d'autres petits rires dans le public. On entre en contact, en complicité. Désormais, peut-on penser, la société sera divisée entre ceux qui se laisseront aller au rire ou au sourire et ceux qui garderont le visage impassible en dépit des appels à une forme de plaisanterie destinée à séduire le groupe pour mieux le diriger. Être sur son quant-à-soi deviendra, pour certains d'entre nous, un point d'honneur, une façon de ne pas fléchir.

Paul Cathéter balance son corps d'avant en arrière. Son ventre volumineux lui tient lieu de centre. Il tripote sa chevalière de façon ininterrompue. L'immobilité ne lui sied pas.

Au jour d'aujourd'hui, entame-t-il (et il emploiera cette formule une dizaine de fois pendant son discours, craignant peut-être que nous prenions le jour d'hier pour celui de demain), la presse est un modèle en pleine mutation.

Comprenant dès lors que cet homme nous laissera dans l'ignorance de ses projets, nous nous contentons d'une attention flottante, d'une écoute partielle, et nous jouons le jeu en lui accordant des hochements de tête, des prises de notes, des sourcils levés.

La concurrence à travers les modes d'organisation dans laquelle l'activité s'est coincée elle-même *Est-ce qu'Isabelle s'est ternie durant toutes ces années ? Sa chevelure est-elle toujours aussi soyeuse*, la souplesse et la rapidité de réaction des différents acteurs *J'ai de bonnes raisons de croire que ce type sait de quoi il parle. Voilà enfin quelqu'un qui n'hésite pas à appeler un chat un chat et, même si tout ça est flou pour moi, je suis certain que j'y verrai plus clair quand on sera dans l'action. L'action, ça c'est un mot qui veut dire quelque chose*, les enjeux fondamentaux d'un défi que seule une structure plus légère peut relever *Ai-je eu raison d'accepter ce poste ? Puis-je me dire que je n'ai pas le choix ? Je voudrais le croire*, un équilibre financier qui doit arriver à terme pendant l'année en cours *Le goût de cette soupe ne passe pas. J'ai l'impression qu'elle m'a détraqué les boyaux. Il faudrait que je boive un verre d'eau, je vais essayer de tenir, parce que je suis en plein milieu et que ma sortie risque de faire désordre. Oui, je vais tenir* et qui est à l'origine d'une société en expansion *Je n'ai pas saisi l'occasion de me lever pour marquer mon implication dans l'avenir aux côtés de ce personnage dont la grossièreté me blesse régulièrement. Je ne peux m'empêcher d'interpréter son refus de s'asseoir à mes côtés comme une façon de se désolidariser de ma personne,* la pérennité d'une entreprise nécessite qu'elle soit fructueuse et, dans ce dessein, nous allons nous pencher vers des outils qui n'ont pas encore été utilisés, privilégier la productivité. *Je ne bougerai pas.* Un challenge pour nous tous : faire du volume de manière rentable. Le véhicule d'investissement qui permettra d'atteindre nos objectifs est la holding Project & Future. Je suis assez fier d'avoir trouvé ce nom, un nom qui nous oblige à regarder vers l'avenir. En termes de business model... *J'ai envie de vomir. Il faut que je sorte, je ne vais pas tenir.* Un nouveau management va être mis en place. J'ai chargé Muriel Dupont-Delvich de se pencher sur une organisation cohérente et rationnelle. Elle connaît bien la plupart d'entre vous, les journaux. Ce n'est plus un secret pour personne : Laurent Berrichon nous quitte à la fin de la semaine et ne sera pas remplacé. C'est donc Muriel qui assurera l'interface entre les équipes et moi-même.

Christophe se lève en se tenant le ventre, fait trois pas pour s'exclure de la réunion et rejoindre le couloir, mais la masse des corps assis reste compacte trop longtemps. Il se retourne alors pour ne pas éclabousser ses collègues et dégueule au milieu du cercle. Une scène certes improbable, qui nous plonge dans un état d'euphorie silencieuse. Christophe, qui se voyait déjà déambuler dans les rues de New York, est plié en deux dans une pantomime de la douleur qui se propage en chacun de nous. Nous restons là, sans faire un geste, sans dire un mot, saisis par une paix glaçante qui nous envahit les uns après les autres.

AGATHE ROUGIER

Je vais le faire. Je ne pourrai pas résister plus longtemps. Je vais monter sur l'escabeau pour attraper le grand carton au-dessus de l'armoire dans lequel sont stockées mes poupées. Elles attendent depuis si longtemps que je m'occupe d'elles. Lorsque je suis rentrée, l'autre jour, après une journée à tenter de glaner des informations sur ce qui allait advenir de moi au cours de la nouvelle organisation, sans obtenir rien, simplement des Ne t'inquiète pas, on est tous dans le même pétrin, j'ai imaginé que ma vie serait plus complète et plus originale si je l'assaisonnais de ma petite passion interdite. Je ne vois plus pourquoi il faudrait que je me prive de cette *chose* que j'ai tenue à distance pour vivre normalement. Ma vie ne sera jamais normale. J'ai essayé pourtant de la rendre la plus docile possible. De me caresser dans le sens du poil, comme je caresse mon chat. Mon chat qui s'impatiente derrière la porte aux mêmes heures, pressentant mon retour du travail. Et à qui je raconte toujours les mêmes choses : mon dos, le trajet pénible en métro, mes collègues. Paul Cathéter est entré dans nos conversations du soir. Ça me fait du bien de parler à Chat de mon nouveau patron. Je me rends compte en prononçant « Paul Cathéter » à voix haute que je ne possède de lui que le nom. Un nom qui claque à mon oreille comme la certitude d'un avenir qui aura lieu sans moi. Ce que je sais de lui, c'est que nous avons à peu près le même âge. Mais lui est jeune, et je suis vieille.

LE CHŒUR

Le pot fut l'un des plus tristes que nous ayons eu à vivre. Le champagne était mauvais, les quiches peu nombreuses, les cacahuètes en surnombre et les tomates cerises molles. La salle que nous avons obtenue n'était pas climatisée et les 32 ° nous forçaient à la quitter pour aller nous aérer dans le couloir. Fourbus, légèrement pétés, nous constations le peu que nous avions à nous dire, si ce n'est ressasser notre situation — on sait ce qu'on perd mais on ne sait pas ce qu'on gagne —, des mots mille fois répétés qui nous tiennent lieu de béquilles, et que l'on redit pour exorciser la peur, dans une angoisse qui, puisqu'elle est commune, nous réconforte. Nous savons pourtant que la chance d'être ensemble s'arrêtera là où chacun devra tirer son épingle du jeu. Tirer son épingle du jeu est une expression qu'aucun de nous n'ose prononcer, mais qui fait loi, qui nous meut, nous fait errer dans le couloir en imaginant que quelque chose reste possible, en dépit de tout, parce que nous sommes des êtres vivants, et que la vie en nous ne demande que ça : s'adapter au pire. Il ne nous reste plus qu'à nous aimer les uns les autres. C'est peut-être pour cela que le champagne ne passe pas, que sur ce point-là encore nous nous accordons à penser la même chose : il est dégueulasse. Nous n'avions pas songé à cela, nous aimer les uns les autres. Comment faire ? Nous détestons la plainte d'Agathe Rougier, la suffisance de Patrick Sabaroff, la supériorité d'Ariane Stein, la veulerie de Dominique Bercanta, l'ambition de Muriel Dupont-Delvich, la niaiserie d'Amandine. Nous les observons en entomologistes. C'est au moment où il faudrait que nous nous aimions que nous nous regardons avec défiance.

Avant, nous ne pensions qu'à travailler le mieux possible ensemble. S'aimer les uns les autres ne nous préoccupait pas. Aujourd'hui, c'est au-dessus de nos forces.

Putain, ne faites pas cette tête ! Heureusement, il y en a encore parmi nous qui ne s'avouent pas vaincus. Et si on nous demande de ne pas faire cette tête, nous sommes prêts à l'abandonner immédiatement. Nous affichons des sourires, sommes sur le point de proclamer que nous avons la chance d'avoir un poste et qu'il est nécessaire de remettre en question nos méthodes de travail. Quoi ? Nous ferions cette tête ? Ce n'est pas la mort du petit cheval : nous avons un repreneur, nous déménageons en plein cœur de Paris, et nous aurons des tickets restau à 8,10 €.

Il y a pire comme destin ! Allons, allons, reprenons-nous vite ! Une salle surchauffée et des cacahuètes en pagaille... Est-ce une raison de se comporter comme si nous devions mourir demain ? Nous ne mourrons pas. Champagne ! Et s'il est dégueu, c'est notre faute. Nous aurions dû le tester plutôt que faire confiance au premier venu. Et dire que nous étions prêts à partir en guerre contre la société qui s'emploierait, insidieusement, à nous faire perdre le goût des bonnes choses. Nous sommes passés à côté d'une catastrophe. Mais voilà, ça va mieux, le pire est évité. Nous revenons comme un seul homme dans la salle où les autres trinquent au progrès et au changement. Nous faisons partie de cette entreprise qui, si elle n'est plus une « grande entreprise » et se nomme aujourd'hui PME, n'en est pas moins un projet, un combat, une gageure. Nous nous resservons des coupes de champagne médiocre pour oublier que, sous les masques, s'installe le renoncement. Pas si dégueu, finalement, le champagne.

ARIANE STEIN

Les cartons sont en libre-service. On n'a qu'à se servir et empaqueter. C'est une proposition extrêmement réjouissante. J'aime ranger, enfermer, plier. Faire les cartons est un plaisir physique qui se rapproche de l'extase sexuelle. Je déteste jeter. Le trombone tordu par mes soins ne sera pas oublié. J'ai une passion pour les choses usées. Je garderai les manuscrits que j'ai refusés. Je garderai les dossiers de presse vantant les DVD de Musclor, les stylos mordillés et les compositions morbides que j'ai effectuées avec des bouts de scotch. Je suis la reine des sauvetages d'objets en détresse. Mais je n'irai pas à République. Je veux disparaître. Je veux hanter ce lieu à la manière d'une morte qui aurait une mémoire. Je refuse d'appartenir à Paul Cathéter. Je ne veux pas suivre Dominique, ma nouvelle chef directe, puisque l'autre a été propulsée au rang de directrice générale, je ne veux pas que ma vie s'épuise en soumissions de toutes sortes. J'aime les scotcheuses, les hérissons, les produits solaires et les faucheux. J'accumule une collection de savons depuis l'adolescence et dois me faire violence pour jeter les produits de toilette périmés. J'adule ce qui dure, je voudrais laisser durer ce qui n'a qu'un temps. Rester en vie, fâcheusement en vie. Et cela consiste à me tenir à l'écart des chefs. Tous les chefs. Je ne démissionnerai pas, n'utiliserai pas ma clause de cession, ne me rendrai nulle part. Pari que je m'apprête à trahir, parce que : la nourriture, le loyer, les vêtements de mes enfants, leurs activités, les cadeaux pour les anniversaires des copains, les « Je voudrais ça » que je ne peux pas leur refuser. Cyril et Antonin, mes amours. Je leur lis le soir des histoires de monstres sous le lit, j'ai épuisé toute la littérature française et étrangère de monstres sous le lit, alors, on recommence. Ils adorent ça.

J'ai aperçu Farouk. Je n'ai pas le courage d'aller lui parler. Je dois voir ce local, l'investir. Je veux occuper ce qui ne m'appartient pas. Antonin m'a demandé ce matin si cela ne me dérangeait pas que papa ait une amoureuse. Mais non, mon chéri, lui ai-je répondu, pourquoi voudrais-tu que cela m'ennuie ? J'ai des choses à penser qui sont bien plus importantes que papa et son amoureuse. Alors, tu l'aimes bien ? a espéré Cyril, mon tout petit Cyril, si petit et déjà tendu vers la nécessité d'une entente parfaite entre les adultes qui se malmènent sous ses yeux. Je ne la connais pas, mais je pars du principe que si papa l'aime, c'est que c'est une personne qui... Patrick Sabaroff entre dans mon bureau et me demande si je n'ai pas, par hasard, la scotcheuse en ma possession. Je lui réponds Non avec un grand sourire. J'ai réquisitionné les quatre scotcheuses du service et je les ai planquées sous mon bureau. J'ai aussi réquisitionné les ciseaux, et les cutters. J'aime l'air dépité de mon collègue et la manière qu'il a de sortir en traînant les pieds comme un tout petit enfant qui attendrait que je lui dise : Mais non, c'était une blague ! J'entrevois une possibilité de faire des blagues qui ne feraient rire personne.

C'est un peu la pagaille ces jours-ci. Nous sommes à quelques jours du déménagement et n'avons eu les cartons que ce matin. Alors ça s'affole dans tous les coins. Il y a une effervescence dont on n'aurait pas soupçonné qu'elle puisse encore advenir. Je les vois s'agiter pour trouver cartons, scotcheuse, étiquettes, et je ne sais quoi encore qui les conforte dans l'idée qu'enfin quelque chose est en train de bouger. J'hésite entre l'envie de partager leur joie et celle de rester en dehors de toute cette turbulence. Je décide de me retrancher dans mon bureau et de me concentrer sur le dossier que Paul Cathéter m'a confié. Il s'agit de réorganisation et de distribution des rôles. En résumé, j'ai pour mission de faire admettre aux uns et aux autres que leurs fonctions n'occupent pas la totalité de leur temps et qu'il faut, avec ou sans bonne volonté, se soumettre à un timing plus serré de leur activité. J'ai conscience que la tâche est lourde de conséquences sur la relation que je vais entretenir avec ceux que j'ai connus en dehors de cette urgence de rentabilité. Nous prenions parfois le thé à quatre heures et je racontais mes week-ends à la campagne, en décrivant à quel point était difficile l'entretien d'une maison quand vents et tempêtes s'abattaient sur son toit. Tous m'écoutaient et me plaignaient. C'est comme cette fille du commercial, Caroline, qui avait échoué parmi nous ce jour où j'étais particulièrement horrifiée par l'effondrement des tuiles. Elle avait compati, m'avait affirmé qu'il n'y avait rien de pire que de voir son toit s'écrouler, ses murs trembler. Je ne lui en demandais pas tant à cette personne qui passait par là et à qui j'avais gentiment proposé de boire le thé. Caroline, je l'avais appris un peu plus tard, était menacée d'expulsion avec ses deux enfants parce qu'elle ne réussissait pas à payer son loyer. C'est extrêmement troublant, fatigant même, d'être mise en face des difficultés des autres, surtout lorsque l'on ne peut rien faire pour eux. J'en ai presque voulu à cette Caroline de m'utiliser à des fins personnelles. Certes, elle n'avait pas parlé d'elle. Ni évoqué sa souffrance. C'était pire encore. Elle m'avait fait glisser dans le rôle de la petite-bourgeoise perturbée par ses problèmes de propriétaire de maison secondaire sans que j'en aie conscience. J'avoue que je lui en ai voulu. Elle a échappé à l'expulsion ; je n'ai pas pu m'empêcher de me renseigner. Mais je comprends maintenant qu'elle voit en moi une privilégiée. Je hais son air condescendant à outrance lorsqu'elle me croise dans le couloir et qu'elle me gratifie d'un « Bonjour Muriel ». Elle a même osé me demander si mes problèmes de toiture s'étaient arrangés. Je n'ai pas le choix : il va falloir que je me soustraie à son regard. Un seul moyen : lui confier de nouvelles tâches dont je doute qu'elle soit capable de les accomplir. Une seule issue : souhaiter qu'elle échoue et que Paul intervienne pour la convaincre de disparaître. Je ne peux plus être le réceptacle de la haine de ceux qui n'ont pas réussi. Caroline est jeune. C'est un atout dont elle ne prend pas la mesure. Et puis je ne vois vraiment pas pourquoi je passerais mon temps à me préoccuper de sa petite personne. Elle n'est rien dans ma vie, je ne suis rien dans la sienne. Par pitié, que l'on me débarrasse de ces regards par en dessous qui me renvoient à ma condition de femme forte. J'ai été broyée par mon père, par ma mère ; j'étais destinée à n'être que l'épouse d'un mari riche et puissant. J'ai préféré être à moi seule le mari puissant, la femme, la maison, les vacances et les enfants. Les bijoux, le pouvoir, les fringues de marques, mes lunettes Prada, mes jeans Dolce&Gabbana, ma Mini, les réunions pour la sauvegarde du quartier, les tapis achetés au Maroc, ma cuisine Habitat en bois naturel, mon pyjama Princesse Tam-Tam à fleurs tordues mauves sur fond gris (qu'est-ce que je raconte ? ce pyjama, c'est Georges qui me l'a offert), enfin bref, toutes ces choses, à part le pyjama, je les ai obtenues à la force du poignet, sans dépendre de personne. Oui, pourtant j'ai été mariée. Peu de temps. Georges Delvich a été mon mari, un homme que j'ai eu si souvent tendance à oublier, qui ne correspondait absolument pas à ce que j'attends d'un homme. Il a tenu près d'un an à mes côtés avant de s'apercevoir que je n'avais pas le courage de le quitter, ce qu'il a fait pour moi.

Je ne vais pas demander à Pauline de m'apporter les cartons, pour ne pas avoir l'air de profiter d'une situation. Elle a beau être *mon* assistante, elle répond aux besoins de tous. Je vais aller, seule, dans le local où ils se trouvent et me servir comme une personne responsable. Au milieu des cartons, nous sommes tous à égalité. Mais qu'est-ce que j'aurais apprécié que Pauline vienne me demander si elle ne pouvait pas me rendre service ! Non, elle est toute à ses petites affaires, classe ses dossiers, range ses tampons encreurs, prend soin d'étiqueter son repose-pieds pour qu'il ne soit pas égaré pendant le transport. Je trouve ça pathétique, cette préoccupation concernant les petits détails de son petit quotidien. Les petits gadgets et jouets que j'ai accumulés ici au cours des années alimentent mes rêves, et je les conserve parce qu'ils sont inutiles, justement. Je me garde bien de les offrir à toutes ces mères qui rôdent pour obtenir gratuitement des produits de service de presse pour leurs rejetons. C'est moi la principale destinataire. Eh oui, c'est comme ça... Quand les joujoux arrivent, je les enferme tout de suite dans mes tiroirs. Parce que, si par hasard unetelle entre dans mon bureau et s'extasie sur la poupée rose à paillettes en minaudant Elle est trop mimi !, je peux difficilement la lui refuser. Tout le monde dans cette boîte sait que je n'ai pas d'enfants. Mais revenons-en à Pauline, une personne droite, certes, mais préoccupée seulement de ce qui peut lui être utile. Si son repose-pieds s'égare au fond du camion de déménagement, cela provoquera un drame. Un mini-drame, certes, mais un drame tout de même. J'entends déjà la plainte et la revendication. Je suis assise toute la journée, j'ai besoin de ce repose-pieds, sinon mes jambes seront lourdes, c'est mon médecin qui m'a conseillé d'utiliser cet outil parce que j'ai des varices, et que... Stop ! Tais-toi Pauline, j'ai autre chose à faire que de penser à tes pieds, je suis sur un dossier important, et, puisqu'il y est question d'organisation justement, je me demandais si tu ne pourrais pas changer sensiblement tes horaires. Je souhaiterais que tu t'adaptes aux miens. J'ai été trop laxiste toutes ces années, et le résultat, c'est que je n'en tire aucune reconnaissance. La preuve : personne n'a proposé de m'apporter les cartons qu'il me faut quérir à l'autre bout de la société. Personne ne m'a offert de m'aider à classer les tonnes de documents que j'ai amoncelés avec les années, et dont j'ignore s'ils entreront dans mon nouveau bureau étant donné la taille ridicule du local qui m'est destiné. Penser à étudier de près la quantité de travail d'Amandine. Elle ne fiche pas grand-chose ces temps-ci. Je la surprends à pianoter sur son iPhone quand elle devrait se concentrer sur la relecture du journal. Il semblerait que Cathéter, sous ses airs de ne s'intéresser à rien, ait déjà repéré en elle une paresseuse. Il m'en a fait la remarque, et j'ai défendu Amandine ; je l'aime bien, elle me fait penser à ma nièce de Toronto. Mais je ne pourrai pas la soutenir très longtemps. Il fait une chaleur épouvantable. Arroser mes plantes, les protéger pour qu'elles ne se détériorent pas pendant le transport. J'ai fait une note pour préciser à quel point je tenais à ce que les déménageurs en prennent soin. Il me semble que je suis en droit de demander quelques égards. Il me semble que je suis en train de divaguer. Impossible de me concentrer sur le dossier. Il faut que je pense à téléphoner pour prendre des nouvelles de mon père. L'évoquer me vrille ; nous avons toujours été si différents. J'ai parfois le sentiment qu'il s'est installé en moi pour m'observer et me juger. Sa maladie l'éloigne de moi de jour en jour. Et peut-être que cet éloignement me soulage. Qu'il m'oublie m'arrange parfois.

PATRICK SABAROFF

On y est enfin. À force d'avoir évoqué, attendu, espéré, craint ce moment où nous allions quitter ce lieu, je suis soulagé qu'il arrive. Nous nous engageons ailleurs, et ailleurs, c'est du sang neuf, quoi qu'en disent ceux que le changement effraie. On me regarde parfois comme si j'étais un grand naïf, ou un idiot. Pourquoi le serais-je ? Qu'est-ce qui me force à penser que tout va partir en lambeaux ? Ce pessimisme ambiant parvient parfois à m'atteindre lorsque, la nuit, je me réveille avec une sensation de vide, d'inutilité, que je me retourne dans mon lit en essayant de comprendre pourquoi j'ai l'impression que l'on me tire par les pieds. Je replie les jambes sous moi, mais ça recommence. Un rêve éveillé, un cauchemar des sens qui se prolonge jusqu'à ce que je me fasse mon film. Un scénario dont j'ai honte, mais que je réécris toujours de la même manière, en peaufinant les détails pour que ça dure plus longtemps : j'entre dans la peau d'un condamné à mort, j'habite sa cellule, je prends son dernier repas, je m'assieds sur son lit et pénètre dans son cerveau pour y lire ses ultimes pensées. Il me semble qu'alors je peux renoncer aux préoccupations secondaires qui pourrissent l'endormissement. Le calme revient. Je suis le cheminement d'un homme qui sait qu'il va mourir, et cela me berce, m'entraîne vers le sommeil.

Les cartons sont emmagasinés dans la petite salle de réunion qui jouxte les ascenseurs. Dominique est passée dans les bureaux pour nous demander d'anticiper la quantité dont nous aurions besoin, pour éviter les allers-retours inutiles, les encombrements dans les pièces, et l'éparpillement général. Pourrions-nous en arriver à troquer nos cartons contre un service ou une cigarette ? On se croirait en milieu carcéral. Le fait est que le nombre de cartons est limité et que les scotcheuses se font rares. Quant aux étiquettes, le bruit court qu'elles ne collent pas bien. On nous offre un déménagement au rabais, prétendent les mauvaises langues qui n'ont pas encore compris que les économies se pratiquent aussi sur le matériel. Mais je ne reviendrai pas là-dessus. Tenter d'évaluer mon encombrement me plaît. C'est un petit jeu intellectuel qui détend en cette période de chamboulements. Voyons voir, combien de journaux sur ces étagères... Bon, pour les livres, les objets insolites qui m'inspirent pour mes créations visuelles, mouais, trois cartons devraient suffire. Mes effets personnels sont réduits à pas grand-chose : des canettes de Coca light, des appareils photo jetables, des dessins que les enfants m'ont envoyés et que je tiens à garder comme preuve que je ne sers pas à rien. Quant aux boîtes de jeux, elles prennent de la place. J'ai dû me battre auprès de Muriel Dupont-Delvich pour conserver l'Abalone, un jeu de stratégie que j'avais reçu pour les visuels en vue d'un concours organisé par le journal. Sous le prétexte que je n'ai pas d'enfants, elle voulait se l'approprier pour, a-t-elle prétendu, le tester. J'ai tenu bon, et elle n'a pas insisté, sans doute pour garder la face. Muriel est quelqu'un que j'apprécie, à qui je reconnais des qualités professionnelles, et je ne me lasse pas de le lui faire savoir. Son besoin de reconnaissance est, avec moi, assouvi. Mais j'ai été direct avec elle : Je garde mes services de presse. J'en ai peu, mais ils sont pour moi ! Je n'hésite pas à dire ce que je pense. Enfin, il y a des moments où il vaut mieux taire ce que l'on pense, mais ça, c'est une autre histoire : ça s'appelle de la diplomatie. Bref, où j'en étais ? Ah oui, ma combinaison de plongée. Elle prend trop de place chez moi. Ainsi que cette lampe de bureau que j'ai chinée dans une brocante, et moult petites choses que les autres regardent avec mépris alors qu'elles sont sources d'idées pour mes fonds d'images. Combien de cartons ? Je crois que je peux bien m'en octroyer quinze.

Neuf finalement suffisent. Je remporte le surplus dans le local en rasant les murs pour ne pas être pris en flagrant délit d'erreur d'appréciation. J'ai raté l'exercice, je me suis surévalué. Je m'en veux. Savoir ce que l'on vaut fait partie des qualités essentielles de chacun. Je suis soulagé que notre repreneur n'ait pas pensé à observer, à l'occasion de la mise en cartons, notre faculté de jugement. Mais si j'arrive à l'approcher, il faudrait que je lui suggère des techniques de cet ordre, sous forme de jeux, pour jauger les gens et les mettre aux places qui leur correspondent. Je pense à Amandine, par exemple. Elle est secrétaire de rédaction, mais ne serait-elle pas plus à l'aise au service des partenariats, là où sa tchatche et sa dépendance au téléphone serviraient ses compétences ? Directeur des ressources humaines, voilà un poste qui m'aurait plu. Mais il paraît que celui qui va occuper ce poste est un proche de Paul Cathéter. Il n'interviendra que lorsque nous serons installés là-bas. Enfin, ce sont les rumeurs, les « on-dit », exactement ce dont je dois me méfier pour ne pas me laisser perturber et pour avancer. Je perds du temps et mes cartons n'avancent pas.

Je vais devoir me résoudre à utiliser mes dents pour couper le scotch, car les scotcheuses ont été prises d'assaut. C'est quelque chose qui n'arrivera plus, je fais confiance à la nouvelle organisation. Tout est encore en tâtonnements, confus et incertain. Mauvaise journée, qui commençait si bien.

AGATHE ROUGIER

J'ai mal aux reins. Je me suis baissée et relevée au moins une centaine de fois dans la journée. Personne n'a proposé de m'aider un peu. Mes maux de dos sont pourtant connus de tout le monde dans la boîte. C'est presque devenu un sujet de plaisanterie. On ne me demande pas Ça va ? mais Comment va ton dos ? Il y a Agathe d'un côté, et son dos de l'autre, a-t-on dit un jour devant moi. J'aurais pu mal réagir, mais j'ai convenu que la réflexion était juste. Je me sens souvent divisée en deux. Et mon dos n'est pas le seul à se désolidariser de moi. Mes petites manies m'attendent et me narguent, m'appellent là où j'avais décidé de ne plus être.

Les cartons sont devenus ces jours-ci la préoccupation principale de tout le monde. La mienne aussi, quoiqu'adoucie par la perspective du soir. Comme d'autres retrouveront des maris et des enfants, je retrouverai mes poupées. Depuis deux jours, je ne pense plus qu'à ça : les rendre vivantes et décidées comme elles le furent il y a quarante ans. C'est un projet fou, le seul que je puisse concevoir. Je n'ai pas la possibilité de partager avec d'autres les soucis de l'enfance, les nuits de la petite dernière ou le mot d'esprit de l'aîné. C'est une intelligence sur pattes ce garçon, dit l'une d'elles de son fils. J'imagine les jambes malingres de ce gosse flancher sous le poids de son cerveau. Mais je n'ai pas le temps de savourer l'image que déjà nous sommes exhortés à nous pâmer autour d'une autre gamine. Venez voir, ce week-end j'ai pris des photos de Charlotte avec ses grands-parents. Pour ne pas être en reste, je me plante derrière l'ordinateur et j'assiste au diaporama interminable de Charlotte entourée de Grand-père et Grand-mère sur les marches du Sacré-Cœur, sur les chevaux du manège de bois square Louise-Michel, postée devant un magasin de chapeaux de la rue des Martyrs, dans son imper rouge trop mignon, Qu'est-ce qu'elle est chou ! et moi, je la trouve laide, mais suis-je autorisée à le penser, femme aigrie que je suis ? Isabelle est tellement plus jolie que cette gamine au visage simiesque.

Isabelle... Cela fait tant de temps que je la repousse. M'en voudra-t-elle ? Se laissera-t-elle contempler ? Ou plutôt, serai-je toujours aussi émue par sa perfection ? Il ne faut pas qu'elle m'empêche de me concentrer sur le rangement de mes petites affaires. Je ne peux évoquer mes affaires qu'en termes de « petites », « menues », « minuscules ». C'est ainsi que la vie a voulu que je sois : perdue au milieu des grandes choses. Les grandes affaires, ce sont celles dont je dépends mais qui ne me concernent pas. Papa me disait toujours : L'existence te sera plus douce si tu ne te mêles pas de ce qui ne te regarde pas. Je ne me mêle de rien et n'en veux à personne. Je reprise les affaires des autres, au sens propre. J'aime proposer mes services à celles qui n'ont ni le temps ni l'envie de recoudre leurs vêtements. La couture est un passe-temps qui me plaît. Je rapièce, recolle, rajuste, répare, fait d'une déchirure un mauvais souvenir. Le peu d'argent pour exécuter ces menus travaux, je l'accepte pour donner le change. Faire ça gratuitement paraîtrait suspect. Et pour rien au monde je ne voudrais que l'on se méfie de moi.

Je suis impatiente d'être au soir.

DEUXIÈME PARTIE

DÉRÈGLEMENT

ARIANE STEIN

Ce silence fait froid dans le dos. Tout le monde est enfin parti. Patrick Sabaroff le dernier, parce qu'il n'en finissait pas d'appeler de sa ligne professionnelle ses contacts sur leurs portables. Je ne pensais pas que Patrick Sabaroff possédait tant d'amis.

Farouk a promis de me rejoindre avant la nuit. Il apportera de la Badoit pour lui et du vin rouge pour moi. J'ai commandé un graves, et il a refusé l'argent que je lui proposais pour acheter un grand cru. J'ai tout de même obtenu qu'il me laisse nettoyer les toilettes de l'étage. Il a semblé ennuyé, puis a capitulé devant ma détermination. Il m'a montré les produits, les chiffons, les balais, me répétant dix fois à quel point il était important de ne pas tout confondre.

Convaincre Farouk de me laisser passer la nuit ici a été difficile. Il ne voulait pas. C'est dangereux, Ariane, et inutile. Et vain, s'est-il senti obligé d'ajouter, pour ponctuer. Tu peux dire ce que tu veux, Farouk, l'ai-je repris, mais pas que c'est vain.

J'aime tant l'idée de me promener dans ce lieu une nuit entière, de comprendre ce qui a pu se passer, d'observer ce rien qui reste de nous. Farouk est le seul être vivant auquel je parle depuis des semaines. Hormis mes garçons, bien sûr. Il suffit que je pense à eux pour que je sente les larmes me monter aux yeux.

— Qu'allez-vous faire cette semaine, mes chéris ?

— On va penser à toi, maman, a dit Cyril.

— Mais non, mon chéri, vous avez autre chose à faire.

Antonin a levé les yeux au ciel.

— Évidemment qu'on a autre chose à faire. Et puisqu'on t'aime, on n'a pas besoin de penser à toi.

— Tu as parfaitement raison, Antonin. J'admire ta façon de ne pas compliquer les choses.

Cyril a paru triste.

— Et moi, tu ne m'admires pas ? Je ne dois pas penser à toi, alors ?

— Mon amour du monde, du monde entier en comptant les poissons et même les petites algues qu'avalent les baleines, tu peux penser à moi autant que tu veux. Mais ton frère a raison : ce n'est pas parce que tu m'oublies un peu que tu ne m'aimes plus.

Cyril s'est effondré en larmes.

— Je ne veux pas t'oublier, maman !

Je devais partir travailler. Ils n'avaient pas classe parce que l'école était en grève. Je devais les emmener chez Eduardo avant neuf heures. Il était huit heures quarante-cinq, et j'aurais voulu passer ma journée à consoler Cyril.

— Maman ! a gémi Cyril.

Je me suis tournée vers Antonin.

— Mon chéri, il faut que nous nous dépêchions.

— Je suis prêt à partir. Mais peut-être que Cyril devrait aller avec toi à ton travail. Papa comprendra.

— Mais je ne peux pas emmener Cyril à mon travail !

J'ai dit ça dans un cri, qui a semblé les effrayer.

Je n'ai plus de travail. Mes enfants, il va falloir que vous sachiez que votre maman n'a plus de travail. Elle ne pourra pas supporter de se soumettre à des contraintes qui vont à l'encontre de son être. C'est un peu pour ça qu'elle a quitté votre papa. Son être ne supportait plus ce qu'elle était en train de devenir. Comment vous expliquer ces choses, petits anges, sans que vous me jugiez trop sévèrement. Pour vous, je voudrais des vacances en famille, dans une maison au bord de la mer, avec des cousins et des cousines, des oncles et des tantes, un amour infini entre votre père et moi, et des crêpes au citron. Vous nous demanderiez de prendre au moins trois crêpes au dessert, et nous nous sentirions obligés, pour le principe, de mettre le holà. Nous souririons discrètement au-dessus de nos assiettes, mais afficherions sourcils froncés et moue désapprobatrice lorsque nous croiserions vos regards suppliants. Puis nous céderions d'un commun accord, et vos visages deviendraient tout mous de reconnaissance. Nous serions en vacances, en Bretagne par exemple, et vous accorder trois crêpes au citron deviendrait un plaisir infini, tandis que nous finirions tranquillement notre cidre, les yeux dans les yeux, avec des promesses d'avenir et de vieillesse partagés.

— C'est impossible, ai-je répété. Impossible.

— Je veux aller à ton travail avec toi, a supplié Cyril.

J'ai été sur le point de céder, puis je me suis souvenue à temps de mon grand projet. Cyril ne pouvait en aucun cas partager ce moment avec moi. Il était trop petit et, aurait-il eu quelques années de plus, je désirais être seule pour accomplir ce que je nommais provisoirement mon œuvre.

J'étais sur les dents. Je n'en pouvais plus. J'aurais tout donné pour que mes garçons disparaissent en un claquement de doigts. Nous éviter la séparation. J'ai tapé des pieds comme une petite fille hargneuse.

— Ça suffit maintenant, les caprices. Mettez vos blousons et prenez vos cartables !

— Non ! a hurlé Cyril, en larmes.

— Antonin, fais quelque chose ! Je vais craquer !

— On ramassera les morceaux, maman, ne t'inquiète pas.

— Mais je ne suis pas une mère en morceaux, putain de bordel de merde !

— Maman, tu dis des gros mots, a hoqueté Cyril entre deux sanglots. Papa, lui, il ne dit jamais de gros mots. Et Dominique, l'amoureuse de papa, elle n'en dit pas non plus.

— Justement, mon chéri, tu ne vas pas entendre de mots grossiers pendant une semaine. Ça va te faire du bien. Si on s'en allait, maintenant ? Je suis sûre que vous avez hâte de retrouver une maison où l'harmonie règne.

Cyril m'a regardée méchamment et m'a répondu :

— D'accord.

Il avait séché ses larmes comme un guerrier. La flèche « Dominique » qu'il m'avait décochée lui avait fait du bien. Il pouvait partir en silence et en résignation. Il ne voulut pas m'embrasser devant l'immeuble de son père. Antonin m'a prise dans ses bras et m'a glissé à l'oreille :

— Ne t'inquiète pas, maman, dans dix minutes, il aura oublié.

Je les ai regardés composer le code, pousser la porte, puis disparaître.

Oui, oubliez-moi, mes amours. On comptera tous les carrés de betterave que nous ne mangerons jamais ensemble. Mais si Dominique vous prépare des betteraves, jurez-moi que vous n'y toucherez pas, en mémoire de nos jeux idiots qui nous protègent de l'univers entier.

Je suis restée devant la porte de l'immeuble quelques minutes, comme si je m'attendais à voir mes garçons réapparaître. Mais ils étaient déjà loin, et je me suis engouffrée dans le métro.

Sans Farouk, je n'aurais pas pu rester ici cette nuit. C'est lui qui est chargé, le soir, de vérifier qu'il n'y a plus personne à l'étage et de fermer les portes. Il travaille en fin d'après-midi et après que tout le monde est parti.

J'ai pu visiter le local condamné. Farouk me l'a montré l'autre jour, pendant le pot qui célébrait notre maintien au sein de la capitale. J'avais bu l'immonde champagne et ma tête était lourde. Je l'ai suivi dans le renfoncement au bout du couloir et, lorsqu'il a ouvert la porte, une forte odeur de baskets s'est dégagée. Farouk a souri : Je t'avais prévenue, c'est ma réserve à pompes. L'endroit est exigu, quatre mètres carrés tout au plus. Sur l'un des murs court une étagère vide, celle où étaient alignées des dizaines de chaussures de sport, des Puma, des Nike, des Adidas, des Reebok, que Farouk a retirées par respect pour ma nuit. Maintenant, le placard sent les fruits des bois issus d'un désodorisant professionnel. C'est presque pire que l'odeur de transpiration des baskets, mais l'intention de me rendre l'espace accueillant est tellement gentille que je me force à apprécier ce mélange chimique et agressif. J'essaie de ne pas imaginer à quelles sortes de fruits est censé être associé ce parfum.

Farouk a déplié un tapis de gymnastique qui occupe la surface au sol.

— Tu fais de la gym, Farouk ?

— Non, mais je t'ai pris ça à Go Sport. Je ne te laisserais pas dormir par terre.

— Tu n'aurais pas dû.

— Ça ne coûte rien.

En levant la tête, j'aperçois une rose installée dans une bouteille d'eau d'Évian, posée sur le haut de l'étagère.

— Et ça, c'est quoi ?

— Il y a toujours des fleurs pour accueillir une femme dans une nouvelle maison. J'ai entendu ma mère dire ça toute mon enfance. Alors, même si c'est une maison provisoire, j'ai tenu à honorer sa mémoire.

Je ne pose pas de question à Farouk sur sa mère ; il m'en est reconnaissant. Nous nous laissons guider par une sorte d'amitié souterraine qui prendra fin lorsque le couloir appartiendra à une autre société. Farouk continuera à y faire le ménage, à penser à moi dans un premier temps, sans doute, mais le lieu m'effacera définitivement. Ce lieu sera sans traces, aseptisé, nettoyé par Farouk lui-même. Je ne veux pas penser à l'inéluctable oubli de Farouk, mais j'ai envie, à cette seconde, pour le matelas, pour la rose, pour le local qu'il a débarrassé de ses baskets fétiches, pour l'amitié qu'il me porte sans me connaître, de me jeter à son cou, de l'embrasser sur les joues. Je voudrais lui demander qu'il me porte sur ses épaules pour que j'aperçoive le monde du travail avec une certaine hauteur. Je voudrais imaginer chacun dans son bureau, devant son ordinateur, comprendre pourquoi

Dominique Bercanta a accepté le rôle de chef, simplement parce que son chef-chef le lui a demandé, encouragé par son chef-chef-chef.

J'ai rêvé de Dominique Bercanta, la nuit dernière. Elle m'est apparue dans une robe blanche, si blanche que j'étais obligée de cligner des yeux. Elle s'est approchée de moi et m'a souri. Je me méfiais de son sourire. Pour me convaincre qu'elle ne me voulait pas de mal, elle m'a caressé la joue. Et sa caresse était si douce que je me suis mise à douter du mal qu'elle était censée me vouloir. Rien ne s'arrêtait, ni la caresse, ni le doute, ni la souffrance atroce que me procurait le plaisir de ses doigts sur ma joue, parce que je remettais en question jusqu'à son existence. Je me disais qu'il était impossible que cette femme me possédât ainsi, que je devais rêver — ce que j'étais en train de faire —, j'en avais conscience, donc. Je rêvais, et le bien-être de la caresse n'avait lieu que dans mon esprit. La caresse ne me quittait pas, mais celle qui la prodiguait se retirait lentement, s'estompait jusqu'à disparaître. Je devenais cette sensation douce et apaisante, j'accompagnais le mouvement pour qu'il ne s'arrête jamais, je devenais la caresse. J'ai entrevu la possibilité de caresser à mon tour...

J'étais prise de panique ; mon rêve tentait de m'apaiser pour mieux me trahir. Je me suis astreinte au réveil. J'ai allumé la lampe, me suis levée, ai parcouru ma chambre en frappant ma tête de mes poings et en me promettant que la vie que je menais devait s'arrêter maintenant. Entrer en résistance m'est apparu comme la seule solution. Ne plus lever le petit doigt pour étudier les arrangements. Ne plus offrir à personne le plaisir d'une réaction.

La rose, le matelas, les étagères dégagées pour que j'y pose des effets personnels... Je peux croire que je m'installe pour la vie entière dans ce cagibi. Mais Farouk sait lire dans mon regard : C'est juste pour la nuit, précise-t-il. C'est étrange, cette façon qu'il a d'être en prise avec ma pensée à peine ébauchée. Il est comme dans les rêves, un autre moi-même, il est un rêve.

Oui, juste pour la nuit. Une nuit pour revisiter ce qu'ont été ces années à consacrer des heures et des heures à lire, à conseiller, à obtenir des auteurs le meilleur d'eux-mêmes pour que leurs textes soient publiés dans nos magazines pour enfants.

Muriel Dupont-Delvich. Une grande dame, ai-je pensé la première fois que je l'ai vue. On m'avait indiqué son bureau, oui, elle m'attendait, la deuxième porte à droite. J'étais dans mes petits souliers. J'ai passé une tête et, voyant qu'elle était au téléphone, ai amorcé un mouvement de recul. Entrez, installez-vous, a-t-elle dit sans interrompre sa conversation. Elle parlait d'un projet de magazine documentaire pour les enfants de huit à douze ans. Je ne semblais pas la déranger dans sa conversation. Elle me regardait parfois avec un sourire, comme si je faisais déjà partie de son paysage. J'aimais sa désinvolture ;

elle a été séduite par mon sérieux qui, disait-elle, agirait comme un contrepoids à sa fantaisie. Nous allions former une belle équipe.

Sa foudre s'est abattue sur moi lorsque je lui ai annoncé que j'étais enceinte, quatre années après notre rencontre, pendant lesquelles nous avions vécu une sorte d'idylle. Elle appréciait que nos goûts convergent, se réservant toutefois la décision finale lorsque nous étions en désaccord sur un point. Elle m'aimait fille, elle m'aimait seule, elle m'aimait dépendante de mon travail, et c'était le cas.

Je ne lui avais pas parlé de ma rencontre avec Eduardo, et elle me demanda des comptes le jour où je lui appris que j'attendais un enfant. Je livrai des informations, parce que je m'y sentais obligée, lui avouai que cela faisait plusieurs mois que j'étais mariée (dans l'intimité, qu'elle se rassure !) et je m'excusai presque de ne pas l'avoir tenue au courant avant. Elle me répliqua que j'aurais dû en informer l'entreprise et que j'avais commis une faute. Et puis je la mettais devant le fait accompli, en quelque sorte. Je suis sortie de son bureau pour me précipiter à l'étage administratif afin d'annoncer mon changement de statut social.

Muriel Dupont-Delvich a contenu sa déception le temps de ma grossesse mais, lorsque je suis revenue travailler, j'ai compris à quel point les choses entre nous s'étaient dégradées. La fatigue marquait ses traits. Mon accouchement lui avait été pénible et elle avait souffert. J'avais reçu une carte de félicitations et un body Baby Dior quelques jours après la naissance d'Antonin, mais j'ai su rétrospectivement que j'allais les payer très cher. Tout en elle s'acharnait à me faire admettre que je n'avais plus la même acuité d'esprit dans le travail qu'avant. Avant, j'étais précise. Avant, j'étais rapide. Avant, j'étais critique et efficace. Avant, j'étais concentrée. Et si je ne retrouvais pas les capacités qui m'avaient valu de travailler en collaboration avec elle, il faudrait que je prenne la décision qui, selon elle, s'imposait.

Ma solitude au sein de l'entreprise a été un handicap. Et le jour où j'ai enfin accepté d'en parler à une personne qui s'inquiétait de mes joues creuses et de ma mine défaite, j'ai pu mettre un nom sur ce que je traversais. La peur du procès et du scandale a fait entendre raison à ma supérieure hiérarchique et, depuis, nous nous cantonnons à des rapports strictement professionnels.

Ce sont ses cartons que j'irai visiter en priorité cette nuit.

Les téléphones sont toujours fonctionnels. Il est huit heures du soir. Une belle et vive et lumineuse lumière balaie le couloir par endroits.

Un téléphone sonne et me fait sursauter. La sonnerie provient du bureau d'Amandine. Qui peut vouloir joindre Amandine à une heure pareille ? Je me rassure en me disant que ce doit être une erreur. Mais pourquoi serais-je inquiète ? De quoi suis-je inquiète ? Quelle est cette goutte de sueur que je sens couler le long de ma colonne vertébrale ?

Je mets les mains sur mes oreilles jusqu'à ce que la sonnerie cesse. Le silence qui suit me fait claquer les dents. Je vais mal, soudain. Il ne faut pas que mes pensées se dirigent vers mes enfants. Ce sont pourtant bien eux qui viennent danser devant mes yeux, comme de mauvais plaisantins, deux serpentins qui se contorsionnent en m'envoyant des baisers du bout des doigts, mi-tristes mi-joyeux, Antonin et Cyril, mes propres garçons qui ressemblent à des personnages de dessins animés, et je tends la main pour les atteindre.

Au prix d'un effort immense, je parviens à me concentrer sur la nécessité d'entrer dans une pièce pour m'asseoir. Je me retrouve, un peu par hasard, dans le bureau d'Agathe Rougier. Ce n'est pas l'endroit qui m'intéresse le plus mais, puisque je suis là, je me dis que c'est aussi bien de commencer par celui-ci. Je garderai le meilleur pour la fin.

Le sang se remet à couler dans mes veines. Je vois au marqueur rouge, sur l'un des cartons : « Menues choses et petits objets ». Je souris en pensant à Agathe, que je connais si peu, finalement. Je l'imagine, tirant la langue en écrivant, tentant d'être précise pour décrire le contenu de ses caisses. J'avise le carton du dessus, intéressée soudain par la dénomination. Celui-là s'intitule : « Dossiers sans importance ». Puis un autre : « Pots à plantes, cahiers de brouillon, ciseaux et stylos usagés + jeans à raccourcir (Amandine,

Muriel) ». Muriel Dupont-Delvich et Amandine Fourcade confient donc leurs ourlets à Agathe Rougier ! Je n'en reviens pas. Amandine, passe encore, mais Muriel ! C'est à ce carton que je décide de m'attaquer en priorité. Je le dégage des autres, saisis un cutter, d'un geste précis et vif, fends le scotch. Le contenu répond exactement à la description qui en était faite. C'est bien entendu les pantalons que je sors d'abord en les tirant, coincés qu'ils sont entre les pots à plantes. L'un des deux est un Levi's délavé, l'autre un jean noir qui porte, sur une des poches arrière, l'inscription D&G. Les lettres sont formées par des petits strass argentés. Le doute n'est plus possible : Muriel Dupont-Delvich demande bien à Agathe de lui raccourcir ses pantalons. Il me semblait pourtant que les deux femmes ne se fréquentaient pas beaucoup. Mais je dois convenir que j'ignore tout des liens qui unissent les uns aux autres. Je ne me mêle que très rarement aux conversations, ne m'attarde pas à la machine à café. Je considère mon travail comme une tâche à accomplir et non comme l'occasion d'établir des contacts, de me faire des amis. C'est moi, après tout, qui ai placé les relations sur le mode de l'indifférence, et ça me convient. Ce soir, par exemple, tout le monde s'est exceptionnellement fait la bise, parce que c'était le dernier jour en ces lieux, que l'on se retrouverait plus tard, ailleurs, dans quelque temps, à République. On s'est souhaité bon week-end et bon courage, en associant week-end et courage dans une sorte de fatalité qui retirait aux deux jours toute possibilité de détente. Mais pas un n'est venu m'embrasser. Peut-être deux ou trois d'entre eux y ont-ils pensé, puis y ont renoncé.

Pourquoi renonce-t-on toujours à moi ? me dis-je en fixant les lettres argentées du pantalon de Muriel.

Un téléphone décoré par un autocollant de poupée Barbie me tend méchamment les bras. Je m'aperçois que j'enfonce les ongles dans le jean de Muriel et que ma caresse est devenue griffure. Le jean a la peau dure. Je plonge comme une dingue dans le carton d'Agathe et déniche la paire de ciseaux. J'entaille, je coupe, j'y mets du cœur, je cisaille, je déchire à mains nues... Qu'est-ce que ça fait du bien ! Mais le téléphone est toujours là. Je vérifie : la tonalité existe. Je raccroche et regarde ma paume. Elle est rouge, comme si le diable me marquait de son empreinte. Qu'est-ce qui fait qu'on devient dingue ? Je ne suis pas dans un film fantastique, me dis-je en éclatant de rire. Une odeur de coriandre m'arrive par une fenêtre. Je ne cherche pas à savoir comment la chose est possible dans un bâtiment qui ne contient que des bureaux. Je respire la coriandre à plein nez, profite de l'événement. Barbie me fait un clin d'œil. Elle me soumet au supplice de Tantale, la petite salope. Je voudrais jouer avec elle à qui est la plus forte. L'odeur s'éloigne, me laissant seule avec cette enjôleuse en minijupe et à talons hauts, le sourire aguicheur et la coiffure en carton-pâte.

Me traverse un instant l'idée que j'aurais pu ne pas lacérer le jean, mais le voler. Une retoucheuse l'aurait ajusté à ma taille et j'aurais pu le porter les jours où je ne serais pas allée travailler. Me sentir bien dedans, marcher avec D&G sur les fesses, éprouver l'effet que cela procure d'être cette autre-là, de la ceinture aux chevilles. Je frissonne à la pensée de ma propre pensée, l'efface en passant la main sur mon front, et elle revient, tranquillement, me pousse du coude et m'emmène avec elle dans les rues de Paris. Il semblerait que je m'amuse, ce soir. Mais pas au point d'oublier que d'autres vies se jouent ailleurs, celles de mes garçons, par exemple.

Non, je ne téléphonerai pas.

Il est 8 h 20. C'est l'heure approximative où ils vont passer à table. Eduardo, de sa voix volontairement tremblotante pour insister sur la répétition des soirs, va crier À taaaabbbllllle ! Les enfants auront mis le couvert, et Dominique Aladdin-Mortus aura arrosé le poulet au citron et préparé une salade exotique avec des mangues fraîches, des pommes et du fromage. Elle apparaîtra avec des plats dans les mains. Elle réussit à en porter cinq d'un coup sans en faire tomber un seul, tellement elle est douée. Dominique, elle est très forte : à Pâques, Eduardo et les garçons sont partis en vacances en Bretagne à Douarnenez. Il a fait un temps pourri les trois premiers jours, et ensuite, au moment où l'Aladdin-Mortus les a rejoints, il s'est mis à faire beau ! C'est une magicienne, maman, m'a dit Cyril. Moi, je guettais la météo sur Internet et me désespérais pour mes petits chéris qui n'iraient pas à la plage, qui joueraient avec leur DS Nintendo toute la journée et subiraient la mauvaise humeur de leur père. Mais quand les rayons de soleil ont aspergé mon écran indiquant qu'à partir du jeudi 16 avril allait arriver un temps merveilleux dans cette partie de la France, j'ai pleuré de honte ; j'aurais voulu qu'il se mette à neiger, que la tempête dévaste le Finistère, que le toit s'arrache de leur maison et qu'ils soient obligés de rentrer à Paris.

Il est 8 h 22 et, maintenant, ils sont probablement attablés autour du gaspacho que leur a préparé fée Aladdin-Mortus. Antonin, mon pauvre amour, je sais que tu n'aimes pas la tomate, mais tu n'oses pas revendiquer ton dégoût face à la figure riante de ta belle-mère qui attend de toi compliments et enjouement. Quant à toi, mon Cyril, tu n'aimes pas la soupe tout court. Mais, où avais-je la tête, ce n'est pas une soupe mais bel et bien une salade qu'Aladdin vous a préparée !

Barbie continue à me narguer du haut de son 1,75 m présumé. Alors, tu appelles ou tu n'appelles pas ? De toute façon, tu ne pourras pas t'empêcher de le faire. Alors, finissons-en. Prends le téléphone, compose le numéro, et mets les pieds dans le plat. Tu ne rêves que de ça. Pourquoi te retiens-tu ? Tu sais, je ne suis pas une pure, moi non plus. J'ai beau être Barbie, je suis traversée par des doutes, parfois. Tu voudrais bien savoir lesquels, n'est-ce pas ? Cesse de me mépriser et je te dirai tout. Tu t'en fous ? Tu ne veux pas connaître mon grand secret ? Je ne te crois pas.

Pourquoi ai-je échoué dans ce bureau qui transpire la démence. Agathe Rougier est dingue et je ne le savais pas. Je voyais en elle une personne plutôt stable, dont la vie certes ne semblait pas très excitante, mais je me rends compte de minute en minute que, sous ses problèmes de factures et de comptabilité, se cache un personnage immensément fou. Donc, un point est rassurant : ce n'est pas moi qui suis en plein délire. Il me suffit de quitter ce bureau pour recouvrer mon équilibre.

Mais, curieusement, je refuse de bouger. Barbie continue à exercer un pouvoir sur moi. La minijupe incite à relever les défis, à se moquer d'être déculottée, du moins est-ce ainsi que j'interprète le dessin sur le téléphone, soulagée de trouver du sens à la situation insolite dans laquelle je me trouve. Je ne souhaite plus tant que Farouk réapparaisse, si ce n'est pour le vin. J'ai envie de boire.

À cette heure-ci, ils en sont sûrement au poulet au citron. L'acidité agace mes papilles. La rage me vient de là. J'empoigne le téléphone. J'entends des voix me dire que je ferais mieux de quitter les lieux dare-dare, que je dois abandonner mes projets, que je me massacre professionnellement, personnellement, que mes garçons ont besoin de moi, et que je me conduis comme une enfant malade. Je ne suis pas une enfant malade. Je ne veux plus travailler dans le vide et n'obtenir aucune reconnaissance. Je n'ai pas été consultée quand il s'est agi de nommer les chefs. On ne m'a pas demandé mon avis. Personne ne m'a proposé de diriger le service des manuscrits. Je dois continuer à agir sous la houlette de Muriel Dupont-Delvich et je devrai rendre des comptes supplémentaires à Dominique Bercanta pour tout ce qui concerne les rubriques auxquelles je suis rodée depuis longtemps.

Je vais téléphoner. J'ai conscience que je ne tirerai pas grand-chose de mon entreprise. Mais, désormais, le pire m'exalte. Je compose le numéro.

— Allô ?

— Vous êtes à table ?

— Oui. Les enfants sont en train de manger. Tu peux les rappeler un petit peu plus tard ?

— Non, je préférerais ne pas avoir à les appeler un petit peu plus tard.

— Rappelle demain, alors.

— Non, je préférerais ne pas rappeler demain.

— Qu'est-ce que tu veux ?

— Leur parler.

— C'est impossible maintenant.

— Ils sont allergiques à la tomate.

— Qu'est-ce que tu racontes ?

— Je dis qu'ils sont allergiques à la tomate.

— Tu n'es pas dans ton état normal. Je vais raccrocher.

— Non, ne raccroche pas ! C'était une mauvaise blague. Pardon.

— ...

— Vous mangez du poulet au citron ?

— Ça ne te regarde pas. Je te dis « Bonsoir », Ariane, et je te souhaite une bonne soirée.

— Eduardo !

Ce lieu n'a jamais accueilli ce prénom. C'est la première fois que je le prononce ici. C'est incongru, et grotesque.

Je ne bougerai pas. J'attendrai ici, toujours, qu'on vienne me chercher. Tu viendras me chercher, dis, avec les enfants. J'apprendrai à faire la cuisine, à concocter des salades avec des herbes rares, je ferai du sport pour vous accompagner le dimanche, le long des quais, en rollers, je cesserai de refuser de passer à table et de tenir des discours anti-repas-de-famille, on ira faire des promenades en forêt le week-end, on fera des herbiers, de la poterie, je me mettrai au tennis, on ira à la piscine, et, la nuit, quand nous serons en vacances en Bretagne, nous chasserons les vers luisants. Le soleil se couchera tard, et les soirs des temps cléments nous prendrons un apéritif dans la courette, en parlant de notre partie de tennis, de notre excursion au gouffre du Diable, des coquillages que nous aurons identifiés. Les enfants seront ravis du tour que prendront nos conversations. Eduardo ? Je sais que tu m'entends. Même si les bruits de vaisselle t'empêchent de m'écouter tranquillement. Elle est en train de faire la vaisselle ? Une ménagère, sportive, intellectuelle, cuisinière, directrice de centre culturel, ah non, je ne peux pas lutter.

Eduardo a raccroché depuis longtemps.

Barbie jouit. Elle voit s'agiter en moi toutes les ressources inutiles conviées par l'envie et la jalousie. Le féminin est à l'honneur. Elle est fière d'elle, cette sorte d'ordure qui aime que les femmes s'entre-tuent.

Je suis prête, maintenant, à m'emparer de la vie des autres.

LE CHŒUR

Nous n'avons pas prévu grand-chose pour ce week-end. Nous sommes secoués par une impatience que nous n'éprouvons pas. Cela ressemblerait à une urgence d'y être sans en éprouver l'envie. C'était étrange, tout à l'heure, lorsque nous avons quitté les locaux. Nous nous quittions comme si nous ne devions jamais nous revoir. Les blagues ont pourtant fusé, par habitude, sans doute, parce que seule peut nous sauver l'idée que nous partageons encore la possibilité du rire. Même Auguste Poudrin, entre deux toux terribles, nous a souhaité un week-end heureux, parce que lui, nous a-t-il dit sur le ton de la confidence, il tombait malade : Je suis malade comme un chien. Et c'était pour nous une joie de recueillir ne serait-ce que cette phrase de la part d'un homme qui ne se plaint jamais, qui déteste que l'on s'octroie des pauses, qui hait la maladie des autres parce qu'elle pourrait être sienne, qui soupçonne parfois que l'on en fasse un peu trop dans l'éternuement, les bâillements et les yeux cernés. Auguste Poudrin, l'un de nous, pas le pire ni le meilleur, nous a souhaité un bon week-end. Nous n'en sommes pas revenus, et en avons presque été inquiets dans un second temps. On n'aime pas que les gens changent brutalement. Auguste Poudrin, jamais malade, toujours taciturne, pas communicatif, rarement aimable, nous souhaite un bon week-end. Et ses paroles nous affolent. C'est comme s'il nous avait dit, en quelque sorte : Profitez-en bien, parce que, après, les bons week-ends, vous les compterez sur les doigts d'une main. Vous serez tellement harassés par vos semaines que les deux jours de congé ne vous serviront qu'à vous reposer, à aller à la gym pour décompresser, à vous interroger sur votre survie dans l'entreprise, à vous demander si vous ne sauveriez pas votre peau en négociant vos indemnités, puisque cette possibilité vous est offerte jusqu'à Noël. Vous n'arriverez plus à faire bonne figure à la maison, que vous soyez à la tête d'une famille nombreuse, célibataire ou divorcé avec enfants. Profitez de ce week-end parce que c'est le dernier où vous pouvez vous convaincre que c'est une chance pour nous d'être rachetés.

Mais c'est un mauvais rêve, une espèce de cauchemar que nous partageons, de même que nous partageons l'espoir, les rires, et les petites contrariétés. Et ce qui nous meut, tandis que nous sommes chez nos parents qui nous harcèlent de questions concernant l'avenir de Mercandier Presse, au cinéma pour nous changer les idées, au square avec nos enfants, dans les bras de notre amoureux, devant des poupées, devant la télé, au supermarché, c'est l'idée que nous partageons quelque chose. Et pourtant... Parce que nous en avons repéré certains qui n'hésitaient pas à courtiser Dominique Bercanta, d'autres qui mouraient d'envie d'apporter des cartons à Muriel Dupont-Delvich, y renonçant de peur d'être désignés comme des lèche-bottes, parce que d'autres encore, sous prétexte de jouer le jeu, allaient jusqu'à nous accuser de vouloir tout foutre en l'air sans nous préoccuper de ceux ne pouvant pas se payer le luxe de faire les forts en gueule, parce que Caroline nous a glissé que sa situation l'obligerait à plier sous les ordres de la DG, parce que les êtres humains ont leurs raisons humaines, nous doutons du partage. Ce soir, dans nos lits, nous imaginons la façon dont on pourra survivre au cœur de cette société rachetée par un homme d'affaires. Paul Cathéter est à l'œuvre en nous. Sa force à lui, c'est qu'il s'endort sans penser à nous.

LA DG

Quand Paul Cathéter m'a demandé si je voulais bien que nous échangions nos numéros de téléphones portables, je n'ai pas pu dire non.

Puisque j'avais accepté le poste de directrice générale, je pouvais difficilement lui refuser de me joindre en cas d'urgence. Mais je crains désormais, à chaque sonnerie, que ce ne soit lui.

La matinée a été terrible. J'ai les reins en compote à force d'avoir transvasé les livres, les dossiers et les cahiers de toutes sortes dans ces foutus cartons que j'étais obligée de refermer à mains nues. Les scotcheuses avaient disparu. J'ai dû entendre aujourd'hui une bonne dizaine de fois : Mais où sont donc les scotcheuses ? Ça sortait de toutes les bouches, au point que Dominique Bercanta a passé une tête dans mon bureau pour m'entretenir de leur disparition. C'est sans doute ainsi qu'elle entend être mon « bras droit ». Parler des problèmes au moment où ils se posent, se faire l'écho de la préoccupation des employés, qui eux-mêmes, l'ayant investie comme leur supérieure hiérarchique, viennent lui casser les pieds parce qu'ils rencontrent une difficulté, ne serait-ce que celle de devoir couper le scotch avec leurs dents. Le dialogue fut inattendu.

— Je vous alerte sur cette question-là parce qu'il me semble impossible que les quatre scotcheuses destinées au déménagement se soient volatilisées.

— Qu'en concluez-vous ? lui ai-je alors demandé tout en continuant à tenter de remplir mes cartons.

— Je me dis tout simplement que quelqu'un peut vouloir nous nuire.

J'ai lâché les livres que je tenais dans les mains.

— Nous nuire ? Mais enfin, Dominique, est-ce que c'est le moment de se poser ces questions ?

— Il me semble que c'est le moment, en effet.

— Que voulez-vous que je vous dise ?

— Rien, Muriel, je ne veux rien que vous me disiez. Je pensais que c'était de mon devoir de vous prévenir.

— Mais me prévenir de quoi ?

— D'un danger.

Dominique s'est appuyée au chambranle de la porte et je lui ai proposé de s'asseoir. Son visage était décomposé comme si elle avait réellement croisé le diable. J'ai remis mes rangements à plus tard et me suis assise en face d'elle.

— Dominique, je voudrais que vous soyez plus explicite. Cette histoire de scotcheuses prend des proportions qui me semblent un peu démesurées.

— Et vous ne pensez pas que la disparition de ces objets est inquiétante ? Une seule se serait égarée, à la limite, mais les quatre en même temps ? C'est terrifiant, non, vous ne trouvez pas ?

Dominique voulait me transmettre sa peur. Mais j'avais d'autres soucis en tête. Je devais, sitôt mes affaires emballées, aller chercher mon père pour l'emmener dans une maison de retraite. Alors, les scotcheuses, les soupçons, les diables en tout genre, je n'étais pas en mesure de les combattre. Pourtant, plus j'observais la figure de

Dominique, plus cette figure-là m'impressionnait. Elle paniquait, et je ne savais pas exactement pourquoi. Mais je sentais que son affolement n'était pas dépourvu de fondement.

— Le problème, c'est que je ne peux pas me transformer en Sherlock Holmes, étant donné les circonstances. Oui, vous avez probablement raison : quelqu'un s'amuse à nous pourrir la vie. Mais je pense que c'est un plaisantin qui trouve rigolo de nous voir nous abîmer les ongles ou les dents. Cela dit, nous pouvons utiliser les ciseaux.

— Mes ciseaux ont disparu.

— Les miens aussi, ainsi que le cutter, d'ailleurs.

— Vous voyez bien.

— Que dois-je voir ?

— Quelqu'un nous met des bâtons dans les roues. Quelqu'un refuse que nous fassions nos cartons. Je le dirai autrement : quelqu'un veut que nos cartons deviennent une difficulté.

— Dominique, nous sommes tous épuisés par les récents événements, le déménagement, la peur de l'avenir. Je suis comme vous, surmenée. Mais je ne crois pas que ce soit une bonne idée d'imaginer que l'un de nous complote pour nous rendre la vie encore plus difficile. À moins que vous n'ayez déjà vous-même un avis sur la question. Auquel cas, cela m'intéresse de l'entendre.

Dominique a semblé gênée. Elle s'est mordillé la peau du pouce, un tic irrépressible chez elle, et a regardé ailleurs.

— Votre bureau sans les plantes, ça fait tout drôle, a-t-elle marmonné en fixant le vide laissé par leur absence.

Je n'ai pas réagi, essayant de deviner si elle allait répondre à ma question.

— En fait, non, pas précisément, a-t-elle lâché. Je retire donc ce que je viens de dire. Les scotcheuses disparaissent, les ciseaux et les cutters aussi (et je note au passage que ces objets sont tranchants), mais c'est sans doute un de ces hasards qui nous font imaginer des choses.

— Je n'ai pas non plus dit ça, ai-je tenté de me défendre.

— Non, vous n'avez pas dit ça. Je retourne travailler. Nous avons encore tant à faire.

J'étais soulagée qu'elle me laisse enfin. Bon, reprenons-nous. Quelle heure est-il ? Deux heures et demie. J'ai encore un peu de temps devant moi. Il y a chez Dominique quelque chose qui me met mal à l'aise, et l'heure n'est pas à chercher d'où ce sentiment me vient. Je devais finir. Et partir. Me rendre chez mon père à quatre heures, où m'attendait Pimprenelle, l'auxiliaire de vie qui prenait soin de lui, mais qui n'était plus en mesure de contenir sa douleur, ses pertes de conscience, ses fugues, ses accès de mélancolie. Me rendre chez mon père, préparer un sac de voyage, emporter quelques photos de ma sœur et de moi quand nous étions enfants, car de nous adultes il n'en existe pas. Me rendre chez mon père, dans son studio, rue de la Clef. Il a fallu que la date d'entrée en maison de retraite soit établie pour aujourd'hui. Ça tombe si mal... Je crains que mes affaires ne s'engouffrent pas toutes dans ces cartons de mauvaise qualité, les derniers que j'aie pu trouver, car ils se sont tous jetés dessus comme des rapaces. Je dois boucler ce dossier de réorganisation du service. J'ai des priorités qui ne me permettent pas de m'occuper de l'intendance, et pourtant : pas assez de cartons, pas de scotcheuse, pas de paire de ciseaux, Dominique venue me torturer avec ses doutes maladifs, qui s'insinuent en moi... Quelqu'un tire-t-il les ficelles de cette journée qui semble ne pas devoir finir ?

Voilà, il est trois heures, et tout est emballé. Dix-huit cartons, lampadaire, fauteuil, chaises, bureau, petits meubles étiquetés, plantes entassées dans un coin et protégées par un drap avec la mention « Attention fragile » inscrite sur une feuille A3. Je ferme la porte derrière moi et je prends le couloir une ultime fois pour rejoindre l'ascenseur. J'aperçois Ariane qui fait comme si elle ne me voyait pas. Brigitte m'adresse un petit signe de la main. Patrick souffle comme un bœuf en tentant d'aligner ses cartons, Amandine organise sa soirée depuis son téléphone portable, et j'en croise d'autres encore que je ne regarde plus, tant je me hâte de fuir cet endroit sordide.

Dans une demi-heure, en comptant que les embouteillages ne seront pas trop nombreux, je serai garée en bas de chez mon père.

Je mets la radio à fond pour m'empêcher de

penser. Deux chansons lamentables s'enchaînent sans que je trouve le courage de changer de station. Et puis s'engouffre dans les baffles un air de Bowie, *Oh! You Pretty Things*, qui n'a rien à faire sur les ondes à cette heure-ci. L'air sur lequel j'ai espéré, il y a trente ans, garder l'enfant en moi. Un morceau qui ne m'a pas quittée une seconde du moment où j'ai su que j'étais enceinte jusqu'au réveil en salle d'opération, quand je ne l'étais plus. Le passé choisit bien son jour pour me glisser la corde au cou ! Je manque de renverser un piéton qui me traite de vieille pute. Je ne réagis pas. Je suis il y a trente ans, à *L'Entracte*, un bistrot de la rue Montpensier, en face d'un homme, le père de mon prochain enfant que je chérirai toute ma vie. Nous buvons un vin léger, l'orage menace, et je suis intéressée par la venue d'une pluie violente, d'éclairs et de tonnerre. Mais rien n'arrive. Seule la chaleur de juillet et l'odeur de la menace m'entourent. En face de moi, l'homme que j'aime, et à qui je viens d'apprendre qu'il sera le père de l'enfant que je porte en moi. Tu as bien conscience qu'il est impossible de le garder. L'orage est presque là, mais pas tout à fait. Le vent soulève la poussière. Et la poussière me chatouille l'œil. Je demande un verre d'eau, l'eau m'apparaissant comme un remède qui viendrait épancher une soif que je n'éprouve pas, mais qui me sauverait de la sécheresse. L'eau arrive et je la bois à petites gorgées répétées, accrochée que je suis à l'idée d'une eau bienfaisante et réparatrice. *Oh! You Pretty Things* envahit mon crâne alors que dans le bar passe un vague air de jazz des années trente. Bowie s'impose malgré les trompettes assourdissantes du tube jazzy. Je voudrais tant que nous le gardions, je l'aime déjà, m'entends-je dire, la bouche encartonnée. Le barman nous demande s'il peut encaisser. Je paye et nous sortons. Nous prenons la rue Montpensier pour rejoindre le métro Palais-Royal. Nous prenons la même ligne, allons dans la même direction. Comment allons-nous nous quitter? Facilement. L'occasion se présente dès la station suivante. À Pont-Neuf, l'homme que j'aime et dont je porte l'enfant s'échappe. J'ai besoin de marcher, fais ce qu'il faut, me dit-il en sautant sur le quai. Ses mots sont avalés par le signal sonore indiquant la fermeture des portes.

Je n'arriverai jamais à l'heure. Les poubelles prennent leur temps, et il n'y a pas d'issue possible. On m'a prévenue que le repas des « résidents » était servi à dix-huit heures précises.

Oh! You Pretty Things ne finira donc jamais. Et pourtant, si. Les dernières mesures sont happées par une publicité pour les magasins U. La vie reprend, les ordures se vident dans la benne du camion poubelle, et la rue dans laquelle je dois tourner approche. Tout rentre dans l'ordre, comme d'habitude. Une chanson de variété française a succédé à Bowie, et je me sens presque bien. Je vais y arriver, je serai en bas de chez mon père à trois heures et demie, trois quarts d'heure pour tout boucler, vingt minutes pour atteindre la maison de retraite. Cela laissera à mon père le temps de s'installer avant le dîner.

Mes doigts sur le volant pianotent au rythme de la chanson qui parle d'une sorte d'amour où il est question de vacances en Italie et de Martini blanc que l'on boit en regardant loin devant soi, les yeux dans les yeux (incohérence que je relève malgré moi au lieu de me laisser bercer par le rythme lancinant). Bref, je ne m'impatiente plus. Un gamin tente de profiter de la lenteur de la circulation pour inonder les pare-brise de son jus, passer un coup de chiffon sale et tendre la main. On a beau faire de grands gestes pour qu'il passe son chemin, le gamin insiste, asperge, essuie, et tend la main, quitte à se faire engueuler et rejeter. Je prie pour que la voie se dégage suffisamment vite et que je puisse tourner avant qu'il n'arrive à ma hauteur. Mais c'est trop tard. Mon pare-brise tremblote sous des ruisseaux d'eau sale et s'opacifie sous le chiffon qui opère quelques mouvements circulaires. Il perd ainsi progressivement sa transparence jusqu'à devenir blanchâtre. Puis, sous le mouvement de l'outil laveur que manipule l'enfant, une clarté revient, moins franche toutefois (il se trouve que j'ai nettoyé mon pare-brise hier). Le gamin tape au carreau. Quel âge a-t-il, ce gosse ? Douze, treize ans peut-être. Je n'abaisse pas ma vitre. Je regarde droit devant moi, prête à démarrer. La voiture devant moi avance, je la suis. Le môme donne un coup de pied dans la carrosserie. Il me traite de pouffiasse, de raclure, de radine. Je vais bientôt tourner sur la droite, mais je ne peux pas prendre de la vitesse, étant donné la lenteur du flux. Le gamin se trouve de nouveau à ma hauteur. Il tambourine au carreau, me menace de me péter la gueule, m'accuse de l'arnaquer. J'éteins la radio. Je me sens soudain d'humeur à lui flanquer une gifle. Je ne sais pas d'où me vient cette envie, mais l'envie supplante la peur. Ma main est sur la portière, trop tard : la voie est libre. J'appuie sur l'accélérateur un peu fort, ce qui propulse ma voiture en avant dans un crissement de pneus, et je m'engage dans la rue de droite en rasant le trottoir. Ma conduite de chauffard me fait venir le sourire aux lèvres, j'imagine que c'est ainsi que conduit Paul Cathéter, et je suis surprise de penser à lui en pareille circonstance.

En dix minutes, je suis rue de la Clef.

DOMINIQUE BERCANTA

J'ai refusé d'accompagner mon mari en Normandie. Alice et Nicolas sont heureux de retrouver leurs cousins qu'ils voient une fois par mois, Guy est ravi de refaire le monde avec son frère mais, moi, je m'y ennuie. Je n'ai rien à dire à ma belle-sœur. Son jardin et les menus bio sont à peu près les seules choses qui l'intéressent. Elle ne travaille pas parce que son mari gagne suffisamment d'argent pour subvenir aux besoins de la famille et elle me plaint de devoir me lever le matin pour partir au bureau. J'ai beau lui expliquer que j'aime mon travail, qu'il donne un sens à ma vie, elle ne comprend pas. Et, tous les mois, au moment crucial où je l'aide à enfourner les plats dans le lave-vaisselle, c'est la même conversation qui revient, avec les mêmes mots, les mêmes interrogations, la même incompréhension.

Ce week-end, pas question. Guy a insisté, comme s'il craignait de me laisser seule à la maison. Tu ne veux pas venir, tu es sûre ? Ça te ferait du bien, tu as l'air épuisée. J'ai failli lui demander d'appeler son frère et d'inventer un prétexte pour annuler. J'aurais voulu qu'on prenne la voiture tous les deux et qu'on roule jusqu'à trouver une auberge en forêt qui proposerait des chambres confortables pour la nuit. On se promènerait le lendemain matin à l'aube, quand la chaleur n'est pas trop forte, puis on irait au marché d'un village, puis on déjeunerait à la terrasse d'un petit restaurant avant de repartir tranquillement en début d'après-midi pour éviter les embouteillages. Les enfants, enchantés d'avoir passé le samedi soir entre copains, auraient pour mission de nous accueillir avec un repas froid, et nous regarderions le *Sept à huit* en buvant un verre de vin et en mangeant du poulet à la mayonnaise. Mais je me suis tue. Cela fait trop longtemps que nous n'improvisons plus d'escapades. Pourtant, nous nous sommes promis durant des années que, quand les enfants seraient grands... Évoquer la possibilité d'un week-end en amoureux va nous rendre tristes. Guy et moi, nous nous entendons à merveille, et je ne veux rien faire qui puisse infiltrer du poison dans cette harmonie, surtout pas remettre en question ce dont nous nous passons très bien : l'amour.

Mais ce soir, alors que je suis dans mon lit et que le temps est long à ne pas trouver le sommeil, je pense à Paul Cathéter. Ou, plus exactement, j'essaie de savoir ce que j'en pense. Je ne l'ai croisé que deux fois. Le jour où il nous a présenté son projet de restructuration et celui où Muriel Dupont-Delvich m'a présentée à lui. J'ai tout de suite compris que la décision de me nommer à un poste plus élevé — chef de secteur ? bras droit de la DG ? sous-DG ? — n'avait pas dépendu de la seule volonté de Muriel. Paul Cathéter m'avait évaluée sur document, peut-être aussi en fonction de ma situation sociale (mariée, équilibrée, classe moyenne, salaire peu élevé, doit conserver son emploi), et j'ai su immédiatement qu'une enquête avait été menée sur ma personne. Laurent Berrichon avait dû être interrogé sur mon rendement et ma promptitude à effectuer les tâches. Je suis rapide, c'est vrai, et ordonnée. Ma capacité de jugement est grande, quoi qu'en prétendent certains, et je n'hésite pas à dire ce que je pense, même lorsqu'il s'agit d'émettre des réticences. Il m'est arrivé de contester certains choix du directeur artistique. Auguste Poudrin accepte que je m'exprime alors qu'il n'est pas très réceptif aux critiques émises par les autres. Mon franc-parler est contrebalancé par la manière dont j'aborde les choses, toujours avec le sourire, et j'avoue que je flatte exagérément l'ego de Poudrin pour parvenir à mes fins. Mais le résultat est là : je suis diplomate, sérieuse et efficace. Visiblement, ça a porté ses fruits.

Je me rends compte que je viens d'énoncer ces derniers mots à voix haute. J'ai l'impression d'être en entretien. Il faut leur prouver que je ne suis pas une usurpatrice. Il est une heure du matin, et je suis en train de marmonner une lettre de candidature qui me récapitule. À qui est-ce que je m'adresse ? Douterais-je de mes qualités pour occuper un tel poste ? C'est inouï cette façon que j'ai de me sentir fragile au moment où je dois être forte. J'ai envie d'allumer la télé, tiens. Je l'allume, pour éviter de rechercher les failles en moi. Je prends en route un épisode de *New York, police judiciaire.* Guy déteste ça. Mais Guy n'est pas là. Je suis brutalement secouée par la peur de ne plus jamais le revoir. Je pense « accident de voiture », et l'accident est là, dans mon ventre. Je dois me lever pour aller boire un verre d'eau. L'accident s'éloigne et je peux respirer de nouveau.

Quelqu'un nous veut du mal. Je veux dire, au travail. Je ne pourrais pas la définir, mais je ressens cette présence malsaine par tous les pores de ma peau. Il ne s'agit pas de Muriel Dupont-Delvich qui traite mon soupçon par le mépris, ni de Paul Cathéter. Eux possèdent des silhouettes bien définies, je les vois, je détermine leurs contours. La personne qui nous veut du mal ne se voit pas. Elle erre parmi nous et se nourrit de nos angoisses pour tramer un mauvais plan. Elle m'inquiète bien plus que toutes les rumeurs qui courent sur les conditions de travail à venir. Guy me charrie souvent en disant que je suis parano. Mais Guy n'est pas là.

ARIANE STEIN

Farouk va arriver avec le vin. Et puis, l'heure approche où je pénétrerai dans le bureau de Muriel Dupont-Delvich pour le mettre à sac. Mais, tout de suite, je me lève, attrape le jean lacéré et l'emporte avec moi hors d'ici. Avant de quitter la pièce, je jette un dernier regard à Barbie. Barbie ne me nargue plus. C'est un autocollant vulgaire qui orne le téléphone d'une femme dérangée.

Je suis seule au milieu du couloir et les ombres surgissent. Elles vont et viennent avec des dossiers sous le bras, des gobelets en plastique de café à la main, des pochettes remplies de « mini-cadeaux promotionnels ». Je saisis des bouts de phrases échappées de dialogues concernant la vente des magazines en kiosque, le chiffre des invendus, les angles d'attaque pour une nouvelle campagne de publicité, les opérations de relance par mailings auprès des abonnés. Je vois Inès Belmont brandir un dragon qui crache du feu quand on lui tire la queue. Elle se vante d'avoir fait baisser la bête à 62 centimes alors que son importateur en Asie lui en annonçait 64. C'était ça, ou je changeais de crémerie ! Son rire vainqueur se répercute dans tout le couloir et je ne vois plus d'elle que le feu du dragon.

J'entends résonner les paroles cinglantes de Muriel Dupont-Delvich qui tournent en ridicule la proposition d'Auguste Poudrin (pourtant acceptée par Laurent Berrichon) concernant l'affiche censée offrir une image plus actuelle de Mercandier Presse. Laurent Berrichon apparaît ; il traîne les pieds en se mouvant d'un bureau à l'autre, une cigarette éteinte au coin des lèvres qui l'aide à tenir depuis qu'il a arrêté de fumer, il y a des années maintenant. Il peine à regarder ses interlocuteurs dans les yeux alors même qu'il leur intime des ordres. Désespérant et inquiet, autoritaire et veule, il a tenté chaque jour d'enfiler son costume de chef et l'a usé jusqu'à la corde sans jamais obtenir la reconnaissance attachée à sa fonction. Personne ne l'a arrêté dans le couloir pour lui dire : C'est formidable, cette nouvelle idée. Vous êtes un chef ! Personne n'a cherché à le joindre d'un coup de téléphone interne pour lui demander : J'hésite entre deux options et votre avis me serait précieux. Personne ne lui a jamais dit : J'admire votre compétence au service de l'enfance. Personne ne lui a proposé : Vous êtes libre pour déjeuner ? Si ce n'est pas le cas, ne pourrions-nous pas prendre rendez-vous ? Personne ne l'a félicité quand il a arrêté de fumer. Laurent Berrichon était déjà oublié de son vivant de chef. Son départ, discret, sans pot, sans discours, sans adieux, sans regrets, sans une tape de je ne sais qui sur l'épaule, sans pensées particulières, sans haines intestines, est passé franchement inaperçu. Il quitte le couloir en courbant le dos, la cigarette au bec, les yeux rivés au sol.

Quels sentiments m'inspirait-il ? N'ayant jamais eu l'occasion de travailler directement avec Laurent Berrichon, je n'ai pas eu à me poser la question, quoique le dégoût physique qu'il inspirait à celles qui le côtoyaient chaque jour m'ait légèrement contaminée. Elles ne cachaient pas leur répulsion et adoraient mettre le sujet sur le tapis, pour se détendre, prétendaient-elles. Elles prenaient des mines écœurées quand l'une d'entre elles lançait : Pour quelle somme êtes-vous prêtes à coucher avec Berrichon ? À les entendre, il aurait fallu allonger le million pour qu'une telle chose soit envisageable, et encore, il y en avait des qui rechignaient. Elles évoquaient ses couilles en se pinçant le nez et en riant comme des gamines coupables d'avoir l'imagination sordide et débridée. Mais vraiment, reprenaient-elles avec sérieux, ce type est tellement répugnant qu'on pourrait croire qu'il sent mauvais. Il sent vraiment mauvais ! affirmait l'une d'elles. Oui, peut-être, concédait une autre. La perversité pue, c'est bien connu. Il est médiocre, il sent la crotte ! Et les rires reprenaient de plus belle. C'étaient des moments dont les enjeux m'échappaient un peu, mais ils étaient hautement comiques. J'étais spectatrice d'une connivence qui se créait sur le dos du chef. Ces instants rares et précieux me permettaient d'entrevoir un aspect de l'entreprise que j'ignorais. Ils m'éloignaient du poids que faisait peser sur moi Muriel Dupont-Delvich, et mes efforts pour me soustraire à ce fardeau consistaient à rester consciencieuse, travailleuse, silencieuse.

Je ne pourrai désormais plus rien apprendre concernant Laurent Berrichon, ses cartons ne contenant, en toute logique, rien de personnel mais des dossiers voués aux archives. L'ombre de l'homme n'est pas plus intéressante que l'homme lui-même.

Un bruit, je sursaute, m'attendant à me trouver nez à nez avec Laurent Berrichon revendiquant son statut de personne en chair et en os, mais ce n'est que Farouk, et je suis soulagée que les choses reprennent un tour normal.

Il tient au bout des bras des sacs de supermarché. Il en extirpe le vin. Bien sûr, il a pensé au tire-bouchon et aux gobelets en plastique, les verres des pots amicaux étant empaquetés et enfouis dans des cartons qui s'ouvriront plus tard, pour d'autres pots peut-être, plus cruels, célébrant la rentabilité obtenue grâce aux efforts de chacun pour mettre les bouchées doubles et absorber ainsi le travail de ceux qui ont été licenciés.

— Je veux boire avant de passer à l'action! annoncé-je très fort, en direction de tous les absents.

Mais seul Farouk m'entend et se demande pour lui-même à haute voix s'il a eu raison de se laisser embarquer dans cette histoire. Quelle histoire ? La tienne, me répond-il. Parce que, finalement, il n'y a que l'histoire de chacun dans cette histoire, et j'ai choisi de te suivre, toi. Mais j'aurais pu tout aussi bien fermer les yeux sur vous tous sans exception et attendre de rencontrer ceux qui vont vous succéder en ces lieux, que je nettoie chaque jour pour que vous soyez bien, pour que vous fassiez votre travail dans les meilleures conditions. Cela passe par le nettoyage de la cuvette des chiottes, le papier toilette qu'il faut vérifier tous les soirs pour que vous n'en manquiez pas, la bombe d'Air Wick que je dois remplacer parce que vous dissimulez vos odeurs, les poubelles qu'il faut vider, les miettes de pain au chocolat sur la moquette, la poussière sur vos ordinateurs.

Comme s'il sortait d'un rêve, Farouk s'empare du tire-bouchon et ouvre la bouteille. Il verse le vin dans un gobelet et me le tend. J'attends qu'il remplisse le sien de Badoit pour trinquer avec lui. Nous avons rejoint le pôle cafétéria et nous sommes installés sur les fauteuils réservés aux maîtres de séance pendant les réunions.

— J'ai cru, dis-je à Farouk, que tu faisais le ménage sans y penser, que tu t'en fichais. C'est toi qui me l'as dit.

— Tu sais, c'est ce qu'on dit, dans certains cas, quand on a honte de faire ce qu'on fait... Au début, en tout cas. Car maintenant je n'ai plus honte, justement parce que je raconte n'importe quoi. On en est tous là, à se raconter n'importe quoi pour tenir.

— Je sais, Farouk, pardon.

— Tu es comme moi. Tu dis que tu ne bougeras pas, mais tu bougeras. Tu iras là où on te dit d'aller, tu feras ce que l'on te demande de faire. Et tu vois, Ariane, dans ce contexte, nettoyer les chiottes n'a rien de plus déshonorant que de lire des textes. La tâche, bizarrement, te protège des humiliations. Tu m'as expliqué en quoi consistait ton travail. Je trouve que c'est un beau travail. Mais il deviendra horrible sous les ordres des petits kapos, et tu le sais. Et, malgré cela, tu bougeras, Ariane, tu feras ce que l'on te demande de faire, parce que tu sais que l'Inspection du travail et les syndicats ne peuvent pas vous protéger de toutes les perversités.

— Je ne bougerai pas.

Et j'entame mon deuxième verre.

— Tu bougeras, Ariane.

— Je ne bougerai pas.

Nous réitérons ce dialogue une bonne dizaine de fois, et rien n'en émerge. Pas même les rires faciles qui accompagnent la répétition. Quoi que nous disions, quoi que nous fassions, nous sommes dans l'impossibilité d'échapper à ce que, enfants, nous aurions refusé d'être, si nous avions su. C'est du moins ainsi que je me raconte notre présence en ces lieux. En nous grouille une volonté de combattre, simplement parce que nous sommes ensemble ce soir, que ce n'est pas autorisé, et que notre rencontre est en elle-même une révolte. L'un boit de l'eau pétillante, l'autre du vin. L'un est marié, l'autre plus. L'un est tunisien, l'autre française. Nous ne partageons pas les mêmes envies, nous ne regardons probablement pas les mêmes films, nous ne sommes pas amoureux l'un de l'autre, nous n'exerçons pas la même activité. Farouk fume, moi pas.

— Au travail !

Je prends mon verre et me dirige vers le bureau de Muriel Dupont-Delvich. À nous deux, ma belle !

Je pose le verre sur le bureau, m'empare du cutter qui n'a jamais quitté ma poche sans que je sache comment la chose est possible, et j'entaille. Je déchire la couverture d'un livre : *Le monstre aux dents si longues qu'il fallut six jours et six nuits pour les lui laver.* Tomber sur une histoire de dents longues et de monstre alors que je m'apprête à fouiller les entrailles de celle qui m'a humiliée jusqu'à me faire venir les larmes aux yeux est une belle entrée en matière. Sortir méthodiquement les bouquins et les balancer à travers la pièce, hum, que c'est bon. Les livres se fichent complètement des histoires qu'ils contiennent ; ils volent et s'échouent sur les fenêtres, comme des pigeons paniqués. *La Bible racontée aux enfants* résiste. Sa couverture cartonnée protège le contenu. Le livre retombe en bonne position, pas abîmé du tout, et Marie me regarde d'un œil sévère, me défiant d'y revenir.

Il ne faut pas me provoquer en cet instant. J'enfonce mon cutter dans l'œil réprobateur et poursuis mon travail de destruction en déchirant les pages, non pas une par une, mais cinq par cinq, c'est long, parce que le bouquin est gros, et je me regarde agir en me parlant à moi-même. Ariane, qu'es-tu en train de faire ? Je fais, je fais. On ne peut pas toujours savoir ce qu'on est en train de faire. Pour le moment, je détruis *La Bible racontée aux enfants.* Non parce que je pense qu'il ne faut pas raconter la Bible aux enfants, mais parce que le livre s'est mal comporté dans sa chute.

— Qu'est-ce que tu fabriques, Ariane ?

Farouk est sur le seuil, son verre de Badoit à la main, l'air hébété.

— C'est justement ce que j'étais en train de me demander.

— Je dois partir, maintenant. Et je n'ai pas envie d'être mêlé à une histoire de sabotage. Tu peux sans doute te permettre de perdre ton job, moi pas. Je considère que j'ai pris assez de risques comme ça.

— Tu me laisses quand même le local, pour cette nuit ?

— Une parole est une parole. Pourquoi tu détruis les livres ?

— Je ne peux pas te l'expliquer. Je ne le sais pas moi-même.

— C'est mal.

— C'est la première fois que ça m'arrive. Un jour, Eduardo, mon ex-mari, a vu dans ma bibliothèque un livre qu'il trouvait infect, selon ses termes. Ce livre n'avait rien d'infect, il était simplement mal écrit, et pas intéressant. Bref, Eduardo s'en est emparé et a arraché des bouts de page avec les dents. J'étais horrifiée. Ce n'est pas que je tenais à ce livre, mais c'était un livre. À l'époque nous n'étions pas encore mariés. J'ai failli remettre en question notre mariage, en partant du principe qu'un homme capable de s'attaquer physiquement à un livre ne pouvait pas être bon. Je me suis mariée, finalement, mais, au moment de dire « oui », j'ai repensé à cette scène.

— Je dois partir, Ariane. N'oublie pas de faire ce que je t'ai dit, pour demain.

— Demain, tout sera en ordre, je te le promets. Merci pour tout.

Farouk quitte le bureau. J'entends ses pas s'éloigner, la porte palière s'ouvrir, et se refermer. C'est le silence.

La *Bible* gît par terre, et mon acharnement contre elle ressemble à une mauvaise plaisanterie. Ce livre a deux mauvais points pour lui : il se protège contre ma joie de tout faire voler en éclats, et il appartient à Muriel Dupont-Delvich. Je me sens vaine et impuissante. Ma compréhension du monde se rétrécit et j'ai envie de pleurer comme une enfant. Ne pleure pas, maman, me soufflent Antonin et Cyril. Leurs voix me font sursauter et je me relève, assise que j'étais par terre, appuyée contre la cloison, les yeux noyés dans le désordre de la pièce.

Je reprends le cutter et éventre un autre carton. Celui-ci contient les échantillons de « plus produit » qu'Inès Belmont propose en réunion mais qui ne sont pas retenus en raison de leurs prix trop élevés. Muriel Dupont-Delvich aura soudoyé Inès Belmont pour les obtenir. D'autres gadgets achetés dans les boutiques qui proposent de quoi se sentir bien dans sa peau sont entassés là. Ainsi, je découvre ce que Muriel planquait dans les placards fermés à clef :

— Une paire de ciseaux crantés.

— Une éponge d'ardoise magique en forme de cœur.

— Des trombones multicolores.

— Une montre à trois écrans Paris-New York-Tokyo.

— Une brosse à cheveux anti-électricité statique.

— Une monture de lunettes qui clignote.

— Un siffleur de clefs en forme d'agent de police.

— Un coussin bourré de noyaux de cerises pour détendre la nuque.

— Un masseur de tête.

— Une batterie de stylos pailletés et fluo.

— Un spray anti-fatigue à la camomille.

— Des boules anti-stress.

— Un kit de papeterie en bois estampillé « Comme autrefois ».

— Un tablier de cuisine avec des poches en forme de légumes.

— Une paire de bouchons d'oreilles « Chut, je dors... ».

— Une bouteille de Perrier griffée Dolce& Gabbana.

— Une clef USB tigre.

J'énumère à voix basse, et je n'en reviens pas. Tous ces petits objets me font tourner la tête. Je me demande si je ne suis pas un peu envieuse. J'éprouve la jalousie infantile qui a poussé Muriel à vouloir posséder ce qui pouvait être partagé avec les autres. Les autres qui, s'ils avaient eu accès à ces prodiges de frivolité, en auraient fait profiter leurs enfants. Et c'est peut-être là le drame : Muriel Dupont-Delvich *est* les enfants qu'elle n'a pas eus.

Je ressens soudain un dégoût si profond pour ces objets que je veux les jeter par la fenêtre. Les collections m'écœurent, et je pense à mes savons, entassés depuis des années dans des boîtes, avec lesquels je ne me laverai jamais. Je ne peux pas laisser ces savons en héritage à mes garçons. Je m'en débarrasserai dès demain matin.

Je vais lutter contre mon envie de faire valdinguer ces foutus trucs dans les airs. Je décide de distribuer les biens équitablement. Poster à chacun un des produits à la nouvelle adresse en envoyant un petit mot : « De la part de Muriel Dupont-Delvich, pour vous remercier de votre fidélité et de votre cœur à l'ouvrage. » Il me faut chercher dans les cartons de Pauline la liste et les adresses des employés, taper la lettre, l'imprimer en moult exemplaires et trouver les enveloppes. Tâche difficile, mais pas impossible. J'ai besoin d'une pause. Je vais retourner au pôle cafétéria où j'ai laissé la bouteille. Je prends mon verre et me dirige vers le couloir.

Le jour tombe. Une obscurité hostile s'installe. J'ai envie de voir mes enfants. J'ai une inhabituelle envie de boire beaucoup. Les ombres reprennent le dessus : Agathe Rougier porte son horrible robe mauve et hésite devant la machine à café. Patrick Sabaroff s'impatiente derrière elle, il scande la mesure de son attente en tapant du pied. C'est ainsi : certains ont du mal à prendre une décision, d'autres savent ce qu'ils veulent. Patrick en veut à Agathe parce qu'elle lui fait perdre son temps si précieux, lui qui n'a de cesse de prouver à quel point il produit, à quel point il se donne corps et âme à la boîte. C'est un très bon maquettiste qui aime le journal pour lequel il travaille. Il croit en l'avenir. Il déteste ceux qui baissent les bras, ou ceux qui doutent. Patrick ne doute pas, il fonce. Agathe hésite entre un café crème et un expresso.

J'appuie sur l'interrupteur. Une lumière d'abord hésitante, puis franchement blanche s'installe. Agathe et Patrick sont absorbés par la lumière et disparaissent. J'avance et, au fur et à mesure que je progresse vers le pôle cafétéria, les murmures s'estompent. Amandine cependant ne peut s'empêcher de continuer à chuchoter dans son portable. Il est question d'une fête où les déguisements devront être tels que personne ne reconnaîtra personne.

Où sont les enveloppes ? J'avise le placard à fournitures. Quatre gros cartons sont stockés à l'intérieur. J'en déduis que les fournitures sont là. Je tombe tout de suite sur les grandes enveloppes. En revanche, je n'en finis pas de répartir les objets dans chacune d'elles en prenant soin d'écrire en lettres capitales les adresses trouvées dans le classeur de Pauline. Je renonce à envoyer le petit mot. Je le trouve puéril, et puis j'aime l'idée que les cadeaux tombent du ciel. C'est ce que penseront les employés en recevant leur paquet. Je vais glisser le tout dans un grand sac et j'irai à la poste du Louvre au petit matin.

Je n'oublie pas de m'en adresser un : je choisis le tablier de cuisine avec les poches en forme de légumes.

LA DG

Pimprenelle m'ouvre la porte avec une mine catastrophée. Dans son regard, je lis la détresse de mon père, et sa détresse à elle. Depuis quatre ans, Pimprenelle passe tout son temps avec celui qu'elle nomme « mon p'tit monsieur ». J'ai eu beau lui expliquer que cette dénomination ne mettait pas mon père en valeur, elle ne s'est pas rendue à mes arguments. Pour elle, ce surnom est affectueux, et mon père, qui au début avait levé les yeux au ciel derrière son dos pour me faire comprendre à quel point cela l'insupportait, n'avait plus cillé au bout de quelques mois.

Après n'être venue que quelques heures par jour, Pimprenelle était restée plus longtemps, puis finalement la nuit. Ne possédant plus aucune famille pour des raisons confuses, qu'elle avait tenté de m'expliquer (et les versions avaient plu par dizaines, si bien que je l'avais soupçonnée de l'avoir elle-même fait disparaître), elle avait spontanément proposé de s'installer avec mon père quand je lui avais fait part de mon projet de le placer en maison de retraite. Cette solution était financièrement impossible. Mon père recevait une retraite correcte et j'avais mis en location un studio dont il avait hérité de ses parents. Mais cela ne suffisait pas, loin de là, pour engager une personne à son chevet vingt-quatre heures sur vingt-quatre. Pimprenelle, comprenant immédiatement la situation, m'avait tenu à peu près ce discours : « Madame Muriel, j'ai pour mon p'tit monsieur une affection sincère. L'argent que vous donnez pour m'occuper de lui me suffit. Si je peux vivre avec lui, je serai heureuse. Je ne payerai plus de loyer, et j'aurai un vrai but dans la vie. Mes parents ont disparu, comme je vous l'ai dit, lors d'une croisière en Égypte, parce qu'un courant très connu a emporté le paquebot (jamais elle ne m'avait encore servi cette version rocambolesque). Alors, par pitié, en votre père je retrouve un peu de mes vieux parents (morts jeunes, d'après elle), et donc, si vous acceptez, j'accepte aussi. »

Je n'étais pas en position de tergiverser. Aussi aberrante que semblait cette solution, elle était devenue ma solution. J'avais pris la décision sans en référer à ma sœur, qui m'aurait répondu qu'il fallait étudier la chose et dont je n'aurais plus eu de nouvelles pendant des mois.

Pimprenelle était donc devenue la compagne de mon père à temps plein, et lui, mon père, n'avait pas opposé de résistance. Il m'avait demandé un jour comment il se faisait que Pimprenelle fût en chemise de nuit le matin, pourquoi le canapé-lit était en position lit, et pourquoi des flacons trônaient sur la tablette de la salle de bains. Il n'avait pas écouté ma réponse et avait haussé les épaules, De toute façon, ma maison est trouée, avait-il conclu pour lui-même.

Pimprenelle est devant moi, inquiète et tremblante. Je lui ai promis qu'elle viendrait avec moi accompagner mon père aux Clématites. J'ai pensé que cela me rendrait les choses plus faciles, mais je comprends devant ce visage que j'ai fait une erreur.

— Pimprenelle, comment va-t-il ? lui demandé-je.

— Oh, lui, ça va.

— Et vous, me forcé-je à l'interroger.

— Oh, moi, ça va.

— Bon, alors tout le monde va bien ?

— Vous allez bien, vous ?

Espèce de garce.

— Où est-il ?

— Il dort.

— Comment ? Mais enfin, Pimprenelle, vous

saviez bien qu'il fallait qu'il soit prêt à partir ! Comment avez-vous pu le laisser s'endormir ?

— Il était fatigué, et moi, quand mon p'tit monsieur est fatigué, je ne peux pas l'empêcher de se mettre au lit.

— Eh bien moi, son horrible fille, je vais aller le réveiller !

Ma voix a déraillé sous la fureur. Je suis à deux doigts d'attraper la tête de Pimprenelle et de la projeter contre le mur. Je voudrais lui demander de rentrer chez elle, pour la punir. Je vais te punir, vieille carne. Non, ce n'est pas le moment. Je me dirige vers la chambre de mon père, qui a les yeux ouverts, qui ne dort pas du tout, et qui me dit en me voyant entrer :

— Alors, tu as finalement réussi à traverser la mer ?

Je m'approche de lui, me penche, et l'embrasse.

— Il faut que tu te lèves, mon petit papa.

— Oh non, je suis bien fatigué, tu sais. Et toi, alors, comment as-tu fait pour venir jusqu'ici. Le Canada, c'est loin. C'est gentil de venir me voir.

Je regarde ma montre. Il faut qu'on se dépêche.

— Papa, lève-toi et habille-toi. Je t'en supplie. Tu sais bien qu'on a rendez-vous.

— Moi, j'ai rendez-vous ? demande mon père, incrédule.

Puis il sourit :

— Et avec qui ?

Rendez-vous. C'est un attrape-nigaud qui

n'était pas destiné à piéger mon père, mais il est sorti de ma bouche et me revient comme une claque. Pimprenelle a passé une tête dans l'embrasure. Elle n'ose pas avancer dans la chambre sans que je l'y l'invite.

— Entrez, Pimprenelle, vous avez l'habitude, vous. Alors faites en sorte que mon père soit prêt dans cinq minutes. Je vous l'ordonne, maintenant.

Pimprenelle entre, la tête basse et brinquebalante comme si elle avait été cognée pour de bon contre le mur. Je sors, je vais au salon, et je commence à engouffrer dans le sac de sport que j'ai apporté les petites affaires censées rappeler à mon père qu'il a un passé, des enfants, une vie avant les Clématites, des souvenirs. J'ai une seconde d'hésitation devant la minuscule statue d'Isabella désespérée, une toute petite jeune fille dont la légende dit qu'elle pleurait chaque jour pour arroser ses pieds afin de grandir. J'ai toujours vu cette statue depuis l'enfance, rapportée par mes parents de leur voyage de noces à Rome. J'étais dans le ventre de ma mère, et la légende veut que mes parents caressaient la statue pour que je sois une fille grande et gaie. Je glisse Isabella dans le sac pour que mon père puisse soit l'admirer, soit l'égarer, comme tout ce qui passe entre ses pauvres mains. Pimprenelle a préparé une petite valise avec vêtements, nécessaire de toilette, chaussons, et je lui en sais gré. Le temps est lent, que met Pimprenelle à habiller mon père, mais je n'ose la houspiller, tentant de comprendre les raisons de ses réticences, de sa peine, de sa résistance à plier devant l'inéluctable. Et puis les voici tous les deux qui débarquent dans le salon, se présentant à moi sous leur pauvre jour, me condamnant à être celle qui décide que la belle vie prend fin et qu'on va passer aux choses sérieuses. Fini de rigoler, et en voiture Simone !

Et nous fûmes dans la voiture tous les trois. Parfois les formules se révèlent magiques. Magique fut le trajet, le trafic miraculeusement fluide, et l'on eût dit que la circulation s'était concertée pour laisser passer le convoi exceptionnel que nous formions, Pimprenelle, mon père et moi. Le silence s'était installé de lui-même, et nous étions reconnaissants les uns envers les autres de respecter ce moment où les mots n'auraient été que singeries. Mon père était heureux de voir les rues défiler. Il lâchait parfois (mais ça n'abîmait pas le silence), Que c'est beau, tous ces gens qui savent où ils vont. Il avait toujours dit ça, que les gens qui savaient où ils allaient le fascinaient. J'ai pu penser un instant qu'il n'était plus malade. Mais je n'ai pas fait demi-tour. Je n'ai pas dit Rentrons, c'était un mauvais rêve. J'ai continué à rouler et à regarder la route bien devant moi en essayant de ne pas poser mon regard sur ces gens qu'admirait mon père. Puis nous sommes arrivés dans une sorte d'impasse et, là-bas, tout au bout, au calme, une bâtisse neuve aux murs jaunes et blancs : Les Clématites. J'ai garé la voiture aussi facilement que si une place m'avait été réservée, et j'ai annoncé : Tout le monde descend ! Cette phrase, cette voix, tout ce qui émane de moi me fait horreur. Je me sens dans la peau d'un adjudant en chef qui dirige son petit monde infirme. Mon père s'étonne de la brièveté du voyage.

— On est déjà arrivés ? Mais on n'a pas vu les arbres, ni la mer, ni le sentier qui mène à la maison.

— Mon p'tit monsieur, c'est pas les vacances ! s'écrie Pimprenelle au bord des larmes, le menton tremblotant.

Elle s'est bien tenue jusqu'ici, mais je sens que ça ne va pas durer. On s'extirpe de la voiture et j'attrape le bagage de mon père dans le coffre.

— Mais, enfin, où va-t-on ? demande mon père.

— Je t'en ai déjà parlé, papa. Tu ne peux plus rester seul, et même la présence de Pimprenelle ne suffit plus. C'est une maison de retraite, qui est très bien, où tu vas te faire des amis, et où l'on s'occupera de toi avec gentillesse.

— Mais voyons, Barbara, je n'ai besoin de personne autour de moi. Je m'occupe très bien de moi tout seul !

— Je suis Muriel, papa, Barbara n'a pas pu venir. Le Canada, c'est loin.

— Je veux aller au Canada ! crie mon père en refusant d'avancer.

Mon portable sonne. Un numéro que je n'ai pas entré dans mon répertoire s'affiche. J'hésite, puis me convaincs que j'ai besoin de parler à quelqu'un, ne serait-ce que quelques secondes. Lorsque j'entends la voix de Paul Cathéter, je regrette aussitôt d'avoir décroché.

— Je vous ai cherchée partout. Où êtes-vous ?

— Vous étiez injoignable. Je vous ai laissé un message pour vous dire que j'accompagnais mon père en maison de retraite cet après-midi.

— Ne retournez pas la situation. D'ailleurs, je n'ai pas eu votre message.

— Je vous ai téléphoné, pourtant.

— Vous plantez les gens de la société dans un moment crucial, le jour du déménagement, alors que vous venez d'endosser les fonctions de directrice générale. Je n'ai jamais vu ça ! C'est complètement inouï !

— La date d'entrée de mon père en maison de retraite ne pouvait pas être repoussée. Il est sur liste d'attente depuis des mois.

— Je me fiche de votre père comme de ma première chemise ! Si vous voulez faire passer vos problèmes personnels en priorité, il fallait refuser ce poste !

Pimprenelle et mon père se tiennent par le bras, hagards, m'attendant comme s'ils ne pouvaient plus faire un geste sans moi.

— Considérez alors que je reviens sur ma décision, monsieur Cathéter. Je n'occuperai pas le poste que vous me proposez. Mais maintenant, je dois vous laisser. Mon père est en train de m'attendre.

Je raccroche. Mes jambes se dérobent sous moi et je suis obligée de me retenir au mur pour ne pas tomber. Pimprenelle lâche mon père et se précipite vers moi.

— Qu'est-ce qui vous arrive ? Vous n'allez pas tourner de l'œil, au moins ?

— Non, Pimprenelle, rassurez-vous. Mais j'ai besoin de vous. Aidez-moi. Ne pleurez pas, soyez forte, je vous en supplie.

— Oui, madame Muriel, je vais faire tout ce que je peux pour vous et pour mon p'tit monsieur.

— Merci, vraiment, merci.

Mon père tourne sur lui-même en répétant Je n'y comprends rien, je n'y comprends rien. Je le prends par un bras. Pimprenelle, investie de sa nouvelle mission de femme forte, le saisit par l'autre bras. Mais c'est vers moi que mon père penche la tête, comme pour recueillir une confidence, comme s'il était encore ce cher papa qui me consolait quand la vie tournait mal pour moi, qui m'invitait au restaurant pour que je lui raconte tout.

— Je ne suis plus DG, papa. Depuis une minute, je ne suis plus rien.

— Plus rien ? Mais tu n'es pas rien, qu'est-ce que tu racontes ? Tu parles couramment l'anglais.

— Non, papa, c'est Barbara qui parle anglais. Moi, je suis Muriel.

— Ah, tu es Muriel, bien sûr, mais pourquoi tu ne t'inscris pas aux cours de dactylographie ? Quelqu'un qui sait taper à la machine... qu'est-ce qu'il fait, celui qui sait taper à la machine ? Il tape à la machine, voilà tout ! Tu sais taper à la machine ?

— J'ai été directeur général, papa, pendant quelques semaines. Je voulais que tu le saches.

— Le directeur général ? Non, je ne le connais pas. Mais ça doit être quelqu'un. Un directeur général, c'est forcément quelqu'un.

— J'ai été ce quelqu'un, pendant quelques semaines, jusqu'à il y a une minute, j'étais directeur général.

— Mais tu n'es pas un homme ! De qui parles-tu exactement ?

— De moi, papa. Je viens de démissionner.

— Et alors, on va le rencontrer, ce directeur général ? Parce que moi, tu sais, je n'ai pas très envie de rencontrer ces gens-là. On n'est pas du même monde, on ne pense pas la même chose, on n'est pas du même bord... mais de qui je parle ?

— Des directeurs généraux, papa.

— Ah, ça, les directeurs généraux, c'est des beaux salauds, tu peux le dire. J'en ai rencontré un, une fois, à Berlin, et je lui ai dit ma façon de penser. On voyageait, je crois, avec ta mère. Mais ta mère, pourquoi elle n'est pas avec nous ? Je suis fatigué, je veux rentrer, les vacances, c'est bien, mais c'est trop long.

Pimprenelle est restée muette. On a marché à pas de tout petit animal très lent. Le portail des Clématites est immense devant nous, et j'appuie sur la sonnette de l'interphone. Là, tout va vite. Une femme vient nous ouvrir, nous prie de la suivre jusqu'au bureau d'accueil, invite mon père à s'asseoir, me demande de remplir des fiches, de présenter les papiers nécessaires à l'admission et m'annonce qu'on va venir nous chercher pour que mon père s'installe, mais rapidement, parce que le dîner a lieu dans une demi-heure. Pimprenelle est toujours debout, en retrait. Elle croise les bras et regarde droit devant elle. C'est ainsi qu'elle se représente la femme forte qu'elle est censée jouer pour répondre à la demande. J'ai soudain envie de la prendre dans mes bras, de l'embrasser et de pleurer avec elle.

Lorsque nous pénétrons dans la chambre, mon père se tourne vers moi et me dit :

— Le lit est petit. Il n'y a qu'une chaise. Comment vas-tu faire pour tenir ici ?

— Mon papa, c'est ta nouvelle chambre. Ne t'inquiète pas, nous allons en faire ton petit domaine.

Je fouille dans le sac et en retire Isabella désespérée.

— Regarde, lui dis-je, nous allons la mettre...

Et je cherche des yeux un endroit où poser la statue. Mais, à part le chevet et une pauvre table jaunie en formica, je ne vois pas où je pourrais poser Isabella. J'opte pour le chevet. La petite éplorée se recroqueville comme sous le poids d'un pouvoir qu'elle aurait perdu. Mon père fixe l'objet mais ses yeux sont vides. Il semble épuisé et se laisse tomber sur le lit en marmonnant Je ne comprends plus rien. Pimprenelle prend la relève. Elle s'approche de lui en me jetant un regard coupable, puis décide soudainement que je n'existe plus. Elle entoure mon père de ses bras — geste que je n'ai pas su faire — et se balance avec lui d'avant en arrière. Mon p'tit monsieur, nous sommes chez nous maintenant, enfin. Ici, plus personne ne viendra nous embêter. Je viendrai vous voir dès que je le pourrai, et vous me direz n'importe quoi, mais moi, j'aime que vous me racontiez n'importe quoi. Depuis que mes parents ont péri dans l'incendie que je vous ai dit, vous êtes à la fois mon père et ma mère. Alors, moi, je ne vous laisserai pas tomber. On ira au Canada, on passera par Berlin, on jouera aux questions-réponses de fou furieux (vous vous rappelez comme on a ri ?), on lira les petites annonces, et on fera exprès de ne se souvenir de rien. Ne vous faites pas de mouron, mon p'tit monsieur, on a le droit de faire ce qu'on veut ici, même de dire que c'est l'endroit le plus moche de la terre. Parce que, franchement, vous avez vu toutes ces bonnes femmes à l'entrée qui ricanaient toutes seules, ou celles qui fixaient le plafond la bouche ouverte comme si elles attendaient que Dieu leur chie dessus ? Non mais alors, vous n'imaginez pas qu'on va les laisser faire ! Je vous promets qu'on va bien s'amuser ici tous les deux.

Mon père sourit faiblement et se laisse entraîner contre la lourde poitrine. Je crois que Pimprenelle perd complètement la tête, et je m'interroge sur les raisons qui m'ont amenée à lui faire confiance tant de temps. Il se pourrait bien en effet qu'elle ait tué père et mère.

Quelqu'un ouvre la porte et nous signale qu'il est l'heure de se rendre au restaurant.

— On va au restaurant? demande mon père, plein d'espoir.

— Tu vas aller manger, papa, lui dis-je. Nous allons t'accompagner puis, Pimprenelle et moi, nous rentrerons.

— Je ne comprends pas, répond-il.

Et il n'y a décidément rien à comprendre. Je propose à Pimprenelle de m'attendre à la réception pendant que j'accompagne mon père à sa table. Elle fait un geste de la main pour protester, mais mon regard coupe court à sa tentative.

— Dites-lui au revoir, et attendez-moi, ou ne m'attendez pas, faites comme vous voulez, mais laissez-moi seule quelques instants avec lui.

Je prends mon père par le bras et le conduis dans la salle à manger que nous traversons sous les regards de quelques pensionnaires intrigués. La plupart d'entre eux ne font pas attention à nous, repliés dans des postures qui ne leur permettent pas de poser les yeux où ils veulent, concentrés sur leur main qui mène à la bouche des morceaux de tomate, ou simplement figés dans une grimace en attendant que quelqu'un achemine vers eux la nourriture.

Mon père refuse de s'asseoir. Mon téléphone sonne, je coupe la sonnerie. Une femme se met à rire en continu. Je cherche désespérément un membre du personnel qui me viendrait en aide, mais tous sont occupés. J'ai envie de fuir et de laisser mon père seul, mais il s'accroche à moi en répétant Je ne comprends pas, et je n'arrive pas à lui dire que c'est sa nouvelle maison, qu'il y passera le restant de ses jours, que je viendrai le voir comme on rend visite aux vieux, qu'il est vieux et sans mémoire, vieux et seul comme un chien, que son existence se résumera désormais à des allers-retours entre sa chambre et la salle à manger, la salle à manger et le salon de télévision, le salon de télévision et le jardinet où il fait bon prendre le thé à quatre heures, l'été.

J'embrasse mon père, m'arrache à lui, traverse la salle à manger en courant, rejoins la sortie, ignore Pimprenelle qui piétine dans le hall. Je vais me réfugier dans le square d'en face pour m'effondrer sur un banc. Mes yeux sont secs et mon cœur bat la chamade. Je sors le portable de mon sac pour écouter le message comme je m'emparerais d'un masque à oxygène. La voix de Paul Cathéter me claque dans l'oreille : « Cathéter à l'appareil. Je vous attends lundi matin à neuf heures dans mon bureau à République. J'aurais préféré éviter un rendez-vous le jour même de notre installation dans les nouveaux locaux, mais je considère qu'il y a urgence à ce que nous nous voyions. Je vous souhaite un bon week-end. »

Je sors du square et me précipite vers ma voiture. Pimprenelle m'y attend, les bras croisés, droite comme la justice.

J'ai descendu le grand carton en me concentrant pour ne pas tomber, ne pas faire un faux mouvement qui martyriserait mon dos. Ne pas se précipiter, m'ordonnais-je. Puis, les yeux fermés, j'ai ouvert la boîte en sortant les poupées une à une, en tâtonnant comme une aveugle. Je les ai installées en rang d'oignons du mieux que j'ai pu, en me forçant à respirer régulièrement tant l'émotion était forte.

Lorsqu'elles ont été étendues toutes les quinze sur le lit, j'ai ouvert les yeux. D'abord, rien. Je veux dire, tant d'attente, tant d'espoir, tant de pensées tournées vers elles. Leurs bouches figées dans le même sourire qu'autrefois, et pourtant pâlies par les années, oui, c'est peut-être ça, les couleurs, les couleurs moins vives, la peau moins rose, les cheveux moins brillants. Chat est monté sur le lit et a voulu jouer avec Bénédicte, la sportive en baskets et queue-de-cheval, qui, de mémoire, n'était jamais bien placée dans le classement. J'ai poussé un petit cri et je l'ai chassé d'un coup sur le flanc. Mon premier geste brusque envers lui. Son miaulement de mécontentement m'a finalement sortie de ma stupéfaction. J'avais devant moi une ribambelle de poupées plus jolies les unes que les autres malgré les ternissures et le temps qui passe, et le temps qui passe, justement, m'a arraché un autre cri, pas petit celui-ci, mais long comme le râle de quand on meurt et qu'on ne peut plus s'arrêter de mourir. Ce sera, me suis-je dit, ma nouvelle vie. Regarder ces poupées, les comparer à moi qui n'ai jamais rien ni gagné ni perdu, l'outsider de cette course insensée vers la beauté et la reconnaissance. Je changerai les règles du concours; peut-être alors Clara surpassera-t-elle enfin Isabelle. Et je peux aller jusqu'à croire que même Babeth aura une chance. Je me livrerai aux petits jeux de l'enfance alors que je ne suis plus une enfant. Je pressens que je pourrais transformer mon inexistence en un jeu distrayant qui convertirait ma faiblesse en puissance. Chat, que peux-tu comprendre à tout ça, pauvre, pauvre de toi? Je l'ai caressé dans le cou. Il ne m'en voulait pas de l'avoir chassé brutalement; un chat est un chat.

On est samedi. Je suis dans une file d'attente à la poste. J'ai en main l'avis de recommandé que j'ai trouvé en rentrant du travail dans ma boîte aux lettres lundi dernier et qui ne m'a, dans un premier temps, pas inquiétée. Jusqu'à hier soir, rien n'aurait pu troubler l'intensité des retrouvailles que je m'étais promises.

Le samedi matin n'est pas un moment bien choisi pour venir à la poste. Il y a un monde fou, tous ces gens dont je fais partie qui ne peuvent s'occuper de leurs affaires que pendant le week-end. Deux guichets seulement sont ouverts, toutes opérations confondues. Je ne comprendrai jamais pourquoi cette agence n'a pas installé un système de queue unique, ni pourquoi les clients ne l'organisent pas d'eux-mêmes. Deux files parallèles s'étirent du comptoir jusqu'aux portes d'entrée, tant l'affluence est grande. On guette laquelle des deux avance le plus vite, mais c'est difficile à savoir. On choisit et, pour peu que l'on estime s'être trompé, on hésite à quitter sa place pour se poster à la fin de l'autre queue, considérant le temps attendu acquis pour soi, en dépit de l'évidence : il se peut que celui arrivé après vous soit servi avant. Quoi qu'il en soit, on se regarde en chiens de faïence. Je me livre au petit jeu, car, finalement, jauger les injustices aide à passer le temps. Et puis cela m'évite de me demander ce que l'on me veut. Ma passion des concours reprend le dessus : qui gagnera? Je repère dans la file adverse une jeune fille qui m'évoque Clara. Longues jambes, jean moulant, bottines noires, cheveux blonds coupés au carré, blouson en peau couleur beige. Mais quelque chose en elle n'arrive pas à la hauteur de l'idée que je me fais de l'absolue beauté. Son air renfrogné me laisse perplexe. Je ne voterai pas pour elle, quelle que soit la médiocrité de ses rivales dans cette queue qui n'offre d'intérêt que pour moi-même, reprise depuis hier soir par une envie d'établir des critères. Ce désir que j'ai étouffé si longtemps et qui m'a torturée. Je devrais cesser comme on cesse le tabac, l'alcool ou la drogue. Mais maintenant que j'ai replongé, je me sens tellement vivante. Je ne fume pas, je ne bois pas, je ne me drogue pas, mais vivre, que diable !

J'ai rarement l'occasion de me trouver à la poste pour retirer une lettre recommandée. Je me sentirais presque grandie par l'importance que l'on me témoigne. On recommande, pour moi, une lettre. On paye le service. Et je suis là, à attendre. La lenteur me caractérise. Lenteur dans les mouvements, lenteur de la pensée... et soudain, je comprends. On ne peut me recommander que de partir, d'aller loin, de ne plus appartenir à ce monde où il faut que tout aille vite. Qui d'autre, sinon Paul Cathéter, peut vouloir me signifier quelque chose ? Paul Cathéter. Son nom bat mes tempes, pulse dans mes avant-bras. Je pense à lui douloureusement, parce que je crois que j'ai tout fait pour l'aimer, pour me persuader qu'il pourrait faire de nous des êtres prêts à combattre pour défendre une cause perdue, une société en faillite qui depuis des années « pissait du cash », comme il aime à le dire. Je ne faisais pas partie de ceux qui trouvaient l'expression écœurante. Au contraire, je défendais l'idée d'un homme qui s'exprime crûment pour dire les choses comme elles sont, qui ne fait pas de chichis, qui va droit au but. Et cet homme pour lequel je n'ai pas pu m'empêcher d'avoir de l'admiration ne veut pas de moi. Je ne suis pas déçue, juste un peu ébranlée de me rendre à cette évidence tandis que je patiente pour retirer une information que je connais déjà. Maintenant, j'ai presque envie que ça traîne.

Je pourrais quitter la poste et revenir plus tard. Mais lorsque l'on a commencé à attendre quelque part, il devient impossible de s'arracher de l'endroit. Les autres passeraient avant vous, et ce seul fait vous agace, non parce que vous en voudriez aux gens qui profiteraient de votre démission, mais parce que rester vivant consiste aussi à occuper le terrain. Que ce soit à la poste, au travail, dans un appartement, avec vos enfants, vos amis, vos mari ou femme, vos parents, votre vie en général, me dis-je, il faut tenir sa place. M'apercevant soudain que j'étends ma situation au monde entier, que je me prends pour le monde entier, je souris. Une femme répond à mon sourire, pensant qu'il lui est adressé. Je me sens plus forte, je n'ai plus peur du recommandé.

Madame,

Nous vous informons que nous sommes amenés à envisager à votre égard une mesure pouvant aller jusqu'au licenciement pour motif personnel.

Ainsi, nous vous prions de bien vouloir vous présenter dans notre bureau, le lundi 15 juin 2009 à 15 heures, pour un entretien sur cette éventuelle mesure.

Nous vous précisons que vous avez la possibilité de vous faire assister lors de cet entretien par une personne de votre choix appartenant au personnel de l'entreprise en application des dispositions de l'article L 1232-4 du Code du travail.

Nous vous prions de croire, Madame, à l'assurance de nos meilleures salutations.

Paul Cathéter

Alors, c'était bien ça. Je viens de lire ma lettre de licenciement. Et j'ai eu beau pressentir que c'était la seule chose qui pouvait m'attendre derrière le guichet, maintenant que j'ai lu les mots, ce n'est plus pareil. Je n'ai plus de travail. Je ne me sens plus du tout le monde entier. Je ne sens plus mes jambes, et tout tourne autour de moi. Le bourdonnement qui gronde dans mes oreilles est sans doute dû à une sorte d'énervement qui monte chez tous ceux qui s'impatientent pour recevoir leur courrier, mais non, les gens me regardent, un homme se précipite vers moi ; la soudaineté de son geste m'effraie. Mais je n'ai pas le temps d'interpréter son élan dans ma direction car mon crâne heurte un portant publicitaire. Avant de m'évanouir, j'aperçois le sourire de la femme qui vante les envois par Colissimo. Je lui trouve une légère ressemblance avec Isabelle.

ARIANE STEIN

L'odeur du carton m'enivre. C'est un parfum que j'aimerais porter. Le souvenir du bois, l'aigreur des transformations, la densité du voyage, la tendreté de la matière m'iraient bien. Les papiers que j'ai dénichés dans le carton numéroté 7 m'ont laissée pensive. Peut-être est-ce l'effet de la bouteille à demi bue qui a convoqué le rêve plutôt que la colère. Ou, plus précisément, on pourrait parler d'un rêve de colère. Oui, c'est cela. Je rêve la colère comme le seul état possible après la lecture des mails imprimés sur papier car probablement supprimés pour ne pas laisser de traces dans la mémoire de l'ordinateur. J'ai découvert les courriels dans une pochette rose fluo format 21 × 29,7 sur laquelle ces mots ont été griffonnés à la hâte : « Courrier enfants Mercandier Presse ». Une ruse. Les états d'âme des enfants et ce qu'ils pensent des journaux n'intéressent aucun chef. Qui aurait l'idée d'aller ouvrir une pochette avec un intitulé pareil ? Moi. Je me suis précipitée sur le document, sachant d'instinct que j'y trouverais autre chose que ce qu'il prétendait contenir. J'étais sur le point de laisser tomber, d'aller dormir. Et c'est une intuition forte qui m'a poussée jusqu'au carton numéro 7. Le chiffre, probablement, mais aussi parce que ce carton se planquait tout au fond de la pièce, Je me fais tout petit, passez votre chemin. Viens là, petit veau, que je t'égorge, lui répondis-je.

J'ai lu, et j'ai vu mon nom sur la liste. Plus aucune envie de plaisanter. Je fais partie des neuf employés dont les postes seront supprimés dans les six mois à venir, *pour alléger la masse salariale*, écrit Paul Cathéter à Muriel Dupont-Delvich, *et permettre à l'entreprise de devenir rentable dès la fin de l'année 2009. Une autre charrette de neuf personnes est prévue début 2010. Il serait prématuré d'avancer des noms dans la mesure où les employés seront observés afin que l'on puisse juger de leurs facul-*

tés d'adaptation, de leurs capacités à absorber plus de travail, de leur volonté à participer à un projet, même s'il ne leur convient pas. Ils devront le soutenir pour le mener à bien en dépit de leur opinion. Leur adhésion à la structure pyramidale qui va être établie sera l'un des principaux facteurs de décision quant à leur maintien ou non dans l'entreprise. Un directeur des ressources humaines externe à l'entreprise interviendra dès la deuxième semaine après l'emménagement pour aider les nouveaux chefs à prendre et à assumer leurs décisions.

J'ai lu entre les lignes : Paul Cathéter explique à Muriel Dupont-Delvich que l'on ne s'improvise pas juge du jour au lendemain. Il parle de la nécessité de l'aider à faire le tri parmi les salariés qu'elle compte licencier. Il y met les formes, fait allusion au problème éthique auquel les chefs pourraient se voir confrontés. C'est pour cela qu'il assure à Muriel qu'elle aussi sera « accompagnée » par le DRH qui aura pour mission de la débarrasser de possibles scrupules. Assainir une société en se séparant des individus qui la ralentissent n'équivaut ni à dénoncer ni à trahir, prétend-il. Il faut qu'elle le comprenne. Qu'elle ait conscience aussi que, si elle ne joue pas le jeu, elle prend des risques. Il ne dit pas lesquels, mais l'avertissement est limpide.

Pour trois des employés, les choses sont décidées : ils recevront leur lettre recommandée ces jours-ci et seront convoqués une semaine plus tard. Il s'agit d'Agathe Rougier et d'Amandine Fourcade pour ce qui est des femmes. Aucune crainte n'est à envisager concernant une éventuelle riposte. Je fais confiance à ceux qui m'ont aidé à établir les motifs de licenciement. Ils ont accumulé des preuves concernant l'inefficacité de leur travail et le fardeau qui pèserait sur l'entreprise à maintenir leur poste. Quant au dernier, c'est Patrick Sabaroff. Il a fait des pieds et des mains pour obtenir un rendez-vous avec moi, mais il faut savoir tenir à distance les engouements démesurés. Il s'investit de façon disproportionnée et il est prudent de se méfier de ce type de comportement. J'envisage pour lui un licenciement économique car il serait vain d'attendre de le coincer pour faute.

Trop de zèle nuit, ai-je prononcé à voix haute en écho aux écrits de Paul Cathéter.

J'ai fait une pause pour me servir un verre de graves que j'ai bu d'un trait presque sans m'en rendre compte. Et j'ai replongé dans ma lecture.

Dominique Bercanta est un élément à l'essai. Elle n'est pas encore supposée connaître le rôle exact qu'elle devra exercer. Elle a accepté de prendre certaines responsabilités, de diriger des équipes et de superviser le travail de plusieurs rédactions, ce qui, pour elle, représente un changement monumental dans la mesure où elle était simple maquettiste. À votre initiative, que je ne conteste pas dans la mesure où elle me prouve que vous avez bien compris le système, Dominique Bercanta devient votre bras droit.

Mais Paul Cathéter n'hésitera pas à trancher le bras droit de Muriel si le choix de celle-ci se révélait mauvais.

Sous chaque phrase sourd la menace.

Et puis vient le passage terrible qui somme

Muriel Dupont-Delvich de donner des noms. Il se plaint d'avoir à insister pour obtenir d'elle une décision franche et juste. Il souligne la faveur qu'il lui accorde en lui permettant de choisir. Il lui sera facile, si elle ne s'exécute pas, de taper dans le tas quitte à la priver d'un maillon fort. Il lui rappelle qu'elle s'est engagée, qu'elle a accepté les règles. Ses mots respirent l'exaspération d'avoir à redire les choses. Mais il se contient. Ici encore planent l'intimidation et le chantage. Pourtant, Paul Cathéter sait se tenir et ne dérape à aucun moment. Il veut des noms, c'est simple, et si Muriel ne lui en donne pas au moins un, il se servira. Il se pourrait même qu'il la prenne pour cible.

Muriel Dupont-Delvich répond. Le ton n'est pas assuré, le style semble ébranlé par la dureté des propos de Paul Cathéter. Là où elle tique un peu, c'est quand celui-ci lui balance Auguste Poudrin comme chef graphiste de tous les titres. Auguste Poudrin est le directeur artistique des journaux que dirigeait Laurent Berrichon, son grand rival. Elle connaît son côté couard et lèche-cul, hautain et distant avec ceux qui ne se pâment pas devant son travail. Ses choix de couvertures des magazines sont d'une ringardise risible, mais Laurent Berrichon lui faisait confiance, et il faut reconnaître que les résultats des ventes ne lui donnaient pas toujours tort. Il n'empêche. Elle tente de façon compliquée et maladroite d'expliquer à Paul Cathéter que la direction d'un secteur confiée à cette personne la met mal à l'aise, et qu'elle apprécierait qu'il la consulte pour constituer le groupe des têtes gouvernantes.

Et, en fin de courriel, un nom, qu'elle finit par donner. Ariane Stein, mon nom.

Elle refuse d'entrer dans les explications par simple courrier électronique, mais elle s'engage auprès de Paul Cathéter à justifier son choix oralement, à l'occasion d'un rendez-vous.

En fouillant dans le dossier, j'ai découvert une sous-chemise sur laquelle, au marqueur, sont tracés ces mots : « Réflexions personnelles/Salariés ». Ce sont des pages de notes que Muriel a prises sur les personnes travaillant sous sa responsabilité. La première page me concerne et s'intitule :

Le problème Ariane Stein

Liste arguments en vue licenciement

— Ariane n'aurait pas supporté la pression et la nouvelle organisation.

— Opiniâtreté, résistance passive, pouvant me mettre des bâtons dans les roues, comme elle l'a fait par le passé.

— N'avons jamais pu nous adapter l'une à l'autre.

— Qualités indéniables, mais rudesse en elle qui l'empêche d'accéder à un poste plus élevé. Le désire-t-elle ? Pas certain.

— Hostile à l'entreprise, ne jure que par l'écrit et se fiche complètement de savoir si les revues se vendent ou pas.

— Pas compris que le maintien de son poste dépendait aussi de l'équilibre financier.

— Fonctionnaire dans l'âme qui veut qu'on la laisse tranquille. Pas sociable, pas conciliante, fière, têtue, excessive, ne laisse rien passer à personne.

— Ai reçu des plaintes venant des auteurs qui ne comprennent pas pourquoi ils doivent travailler leur texte pour la cinquième fois. Exigence maladive, teint pâle, maigreur inquiétante, voix à peine audible, nervosité contagieuse.

— Élément néfaste à l'environnement qui se doit d'être positif, enthousiaste, confiant.

— Situation familiale : a changé. Se retrouve seule avec deux enfants, mais on ne peut pas être responsable des décisions personnelles.

— Réfractaire à la hiérarchie. Son regard sur moi (qui occupe enfin une place digne de ce nom) est détestable et inadmissible.

— Malveillance à l'encontre de ceux qui désirent s'investir.

— Point positif : talentueuse. Elle retrouvera un poste à sa mesure et à la hauteur de ses compétences. Aucune inquiétude la concernant.

— L'obliger à partir, c'est lui rendre service.

Ainsi va le déni.

Ainsi se transforment les saloperies en bonnes actions.

Ainsi sont lavées les consciences.

Ainsi peut-on menacer, dénoncer, trahir et penser que l'on participe au grand assainissement nécessaire pour sauver une société malade.

Ainsi obéit-on lâchement avec la conviction d'être héroïque.

Ainsi allaient mes pensées. Je me forçais à relire certains passages, tentant de retrouver la chronologie (les feuilles ayant été entassées à la va-vite et dans le désordre comme sous l'effet de la précipitation), essayant de fixer un point précis dans le paysage des dernières semaines, mais tout était flou, agité et privé de sens.

Et puis (l'effet de trop de vin bu trop vite ?), mon nom livré à l'effacement prit de l'importance. Ariane Stein me parut soudain le nom le plus beau de la Terre. Et je décidai à l'instant de le défendre contre la violence qui lui était faite. Dans un état de demi-conscience, je m'offris un cadeau : je lutterais contre l'abnégation, j'allais me battre, et l'idée du combat me fit venir un frisson délicieux. Ma colonne vertébrale s'en régala dans la seconde, m'obligea à me lever — qu'il est bon de se soumettre à un corps qui a de bonnes idées — et je parcourus le long couloir sans éprouver la peur, frappai le sol de mes talons pour écouter le bruit de ma démarche, que je trouvais réconfortante, déterminée et courageuse, je devais être belle, j'étais belle, un sourire m'illuminait, ma bouche n'avait rien des bouches à la Modigliani, elle s'ouvrait tout entière à la lutte et je savais qu'un homme, à cet instant, aurait voulu y planter ses dents. Une fille qui n'a pas peur, qu'est-ce que c'est beau, oui, je suis belle, mais vous ne m'aurez pas, bon sang, qu'est-ce que c'est bon de sentir l'envie dans les yeux des hommes, et ce couloir infini m'arrache des soupirs, les pleutres rentrent dans leur bureau, désolés qu'ils sont de ne pouvoir m'atteindre, la vie est si grande et si soudaine que j'en tremble, mais les émotions fortes sont fugaces et malignes, restent, s'installent, et plus jamais mon sang ne pourra se mêler à la peur. Ma beauté vient de là. C'est bon de l'éprouver. Je me transforme au fur et à mesure que ma pensée s'élabore à partir de mes sensations. Je sens le carton, et le carton est méprisé parce qu'il est associé au passage, condamné à la disparition. Je suis un lieu de passage. Muriel Dupont-Delvich livre mon nom — Ariane Stein — et je lui en serais presque reconnaissante tellement cette intention de me réduire à rien remue en moi la nécessité d'exister. Les armes restent à inventer. J'ai enfin la conviction que je n'ai pas perdu la raison, que je ne me suis pas laissé enfermer toute la nuit pour rien. J'ai trouvé ce que j'étais venue chercher, même si cela a pris du temps. Je ne m'étais pourtant pas raconté un instant que ma démarche avait un sens. La sage Ariane devenue folle ne sera plus ni folle ni sage. Les choses s'organiseront au fur et à mesure. Il faut leur faire confiance.

Je pense à Farouk, au local qu'il a vidé de ses chaussures, à la fleur qui trône sur l'étagère, au matelas, à cette maison d'une nuit qu'il m'a aménagée, et mon cœur bat de reconnaissance pour lui qui prend le risque de se faire renvoyer pour moi. Je dois me concentrer sur cet homme qui m'a apporté le vin, et qui est reparti chez lui, inquiet de me savoir sur son lieu de travail. Je pense à Farouk pour ne pas hurler. Il n'aimerait pas que je hurle. Et penser à un homme m'attire vers un autre homme, Eduardo, le terrible Eduardo qui se la coule douce auprès d'une femme dont le nom sonne comme un défi, Aladdin-Mortus, une sportive qui entraînera mes fils dans les courses de rollers et les parties de tennis, une cuisinière hors pair qui se mettra en quatre pour leur faire apprécier les légumes, une personne d'humeur gaie auprès de laquelle la vie ressemblera à un jeu, une intellectuelle qui veillera à la bonne tenue de leur éducation littéraire et sensible, leur fera lire des livres, les emmènera au concert, au musée, à des ateliers d'éveil à la nature, à la culture, à l'épanouissement de soi par le corps, à la créativité... J'aurais beau la traiter de tous les noms par l'intermédiaire de mails adressés à mon ancien mari, elle trouverait le moyen de dire à mes petits :

— Votre maman est quelqu'un de fragile. Mais c'est votre maman, et elle vous aime. Moi, je ne suis pas votre maman, et l'amour que je vous porte ne remplacera jamais l'amour que vous porte votre maman. Je vous aime autrement, et d'ailleurs, petits gourmands, si vous avez faim, venez dans la cuisine. J'ai préparé une tarte aux pruneaux dont vous me direz des nouvelles !

— J'aime pas les pruneaux, dit Antonin.

— Mais les pruneaux, c'est délicieux. C'est sucré, c'est juteux, et c'est bon pour la santé.

— On préfère les Savane au chocolat, dit Cyril.

— Les Savane, c'est bon, mais c'est industriel.

— Maman, elle nous donne des Savane.

— Oui, mais cette semaine, vous n'êtes pas avec votre maman. Et moi, je trouve que les tartes préparées à la maison, c'est meilleur. Vous n'êtes pas d'accord ?

— Non, répondent-ils ensemble.

Dominique Aladdin-Mortus se crispe. Qu'est-ce qu'elle donnerait pour que ces morveux apprécient sa tarte aux pruneaux. Elle est sur le point de renoncer, mais elle se reprend à temps.

— Les enfants, j'ai une idée !

— C'est quoi, ton idée ? demande Cyril.

— Oui, c'est quoi, ton idée ? répète Antonin.

L'Aladdin a lancé ça comme ça, pour connaître un répit. Mais elle n'a pas encore la queue d'une idée. Elle sait qu'elle tient le bon bout avec sa promesse d'idée qui fascine tous les enfants de la Terre, mais elle se creuse la tête à cent à l'heure pour les convaincre que son idée est géniale. Ça y est, elle la tient !

— Et qu'est-ce que vous diriez d'une course à vélo pour faire passer la tarte aux pruneaux ?

Et mes pauvres enfants répondraient :

— Oh oui, oh oui, une course à vélo, génial, trop cool, on fera la course avec toi, Domi !

« Domi »... Ce surnom ne lui plaît pas beaucoup, ça fait vulgaire, mais elle a remporté une victoire, et on ne peut pas gagner tous les combats. Stoïque, elle propose :

— Alors, avant, on goûte ma tarte aux pruneaux !

Antonin et Cyril mangent. Ils disent :

— Elle est trop bonne, ta tarte, Domi.

Mes petits trésors ont tant envie de faire la course.

Dominique Aladdin-Mortus se passe la main sur le front. Sa tarte est bouffée, digérée, et elle est si heureuse qu'elle enfourche son vélo dans la joie en riant bêtement — mes enfants ne comprennent pas pourquoi elle rit —, se félicitant d'être qui elle est, sportive, cuisinière, intellectuelle, amoureuse, psychologue, et c'est parti pour une course effrénée dans la campagne — quel beau pays, la Seine-et-Marne ! —, elle pourrait gagner tant ses jambes musclées sont le prolongement de son désir de vaincre. Elle se souvient juste à temps qu'Eduardo sera tellement heureux d'apprendre que ses fils ont réussi à la distancer qu'elle ralentit, les laisse passer devant elle, et savoure par avance le plaisir qu'éprouvera le père lorsqu'il entendra le récit de la victoire de ses fils.

Je me reprends. Je n'en étais plus là. Mais me rattrape la nostalgie d'une vie de famille, et me prend à la gorge ce sentiment que j'ai raté ma vie, moi qui ai quitté tout ça dignement, avec la certitude que les compromis étaient derrière moi. Mercandier Presse me soumet à une loi plus dure encore, et je confonds le regret des repas que de toute façon je ne supportais plus avec celui des jours tranquilles où je faisais mon métier dans le calme et la placidité.

Une petite voix me dicte de cesser les déboires et d'aller dormir, mais j'entre dans un fou rire qui ne peut plus s'arrêter. C'est très drôle de s'entendre annoncer de tous les côtés que l'on n'existe plus ! Je vais devoir prouver le contraire, quels que soient les efforts que je devrai fournir. Et quand j'en aurai terminé avec les épreuves, j'emmènerai mes enfants loin d'ici, comme dans les contes où les petits se blottissent dans les jambes de leur mère pendant que celle-ci pêche la baleine, ou ce genre de gros animal.

Oui, je vais aller dormir, car mon rire a fini.

Je m'allonge tout habillée sur le matelas Go Sport. Les cartons que j'ai éventrés se vengent sur moi. Leur parfum de voyage a mal tourné et c'est l'odeur de vomi qui me submerge. La fatigue me ravit l'euphorie, et c'est dans un état d'infinie tristesse que je sombre dans l'oubli de moi-même.

Je fonce dans le bureau de Muriel Dupont-Delvich. Les plantes sont entassées dans un angle. Je soulève le drap qui les protège et il me semble qu'elles tremblent devant ma détermination. Elles ont échappé à ma colère tout à l'heure, mais je suis là maintenant, face à elles, et décidée à en finir. Ce sont mes petites sœurs, minaude Muriel Dupont-Delvich, ce sont elles qui me soufflent les idées dont vous profitez tous. Mes muses, ajoute-t-elle en les caressant. Je leur donne à manger pour qu'elles me nourrissent, prétend-elle encore, et son visage se tord dans une grimace infernale. Je t'ai mise sur ma liste, crie-t-elle en riant aux éclats. J'approche le cutter de l'arbre du bonheur, et je taille. Je taille, je taille, je crois l'entendre crier, les bouts tombent à mes pieds, et tant de gâchis me fait du bien. Je me retrouve bientôt devant des troncs de plante. Et les troncs demandent pitié, s'il te plaît, on t'a tout donné, laisse-nous une chance de repartir de zéro! Je les attrape et tente de les briser contre ma jambe. Je souffre, j'ai mal aux mains, aux cuisses, mais rien ne repartira de zéro.

C'était un rêve. Un horrible cauchemar qui me sort du sommeil. Il est deux heures du matin. Je n'ai vraiment pas le courage de transformer le rêve en réalité. Les plantes sont sauvées; je ne leur ferai aucun mal.

Je partirai demain à l'aube pour ne croiser personne. Lundi matin, je serai à mon poste de travail. Je les retrouverai tous, et me désolerai avec eux de l'exiguïté de nos nouveaux locaux en mimant les gestes de la désolation. Je suis sincèrement désolée de tout ce qui arrive, dirai-je. Et sincère, je le serai probablement.

Antonin et Cyril me regardent dans les yeux :

— Tu n'as plus de travail, maman? C'est pas grave, tu viendras nous chercher à l'école comme ça.

— Pourquoi tu pleures? Papa dit toujours que tu pleures pour rien.

— On pourra partir en vacances à Douarnenez ? C'est super beau, maman. Avec papa, on s'est éclatés !

— De toute façon ne t'inquiète pas. Nous, on gagnera de l'argent. Avec les cartes, c'est facile. Bastien, il me doit déjà six euros !

Et, parce que c'est insupportable d'imaginer ces mots, de mettre en images l'inquiétude de mes enfants, je me jure, avant de sombrer de nouveau, d'occuper une place différente de celle à laquelle je suis promise. Je ne veux pas être une victime, je ne veux attirer la pitié de personne. Je me sens prête à tout pour éloigner de moi l'envie de pleurer, même si c'est moi qui pleure.

L'abomination m'intéresse, par nécessité.

LE CHŒUR

Et nous finissons par nous endormir. Dans des positions inconfortables pour la plupart d'entre nous parce que, à force de bouger, nous calons un bras sous notre tête, replions les jambes sous le ventre, empêchons une main de bouger en la maintenant sous un flanc. Aucun de nous ne dormira sur le dos, les membres le long du corps, offert au sommeil comme le sont parfois les enfants. Pour entrer dans l'endormissement, il a fallu biaiser. Nous avons pensé les uns aux autres, aux collègues, en se demandant si l'un dormait déjà, si l'autre faisait la fête, mais nous avons eu besoin de cette proximité-là, même si nous en haïssons certains, en jalousons d'autres.

Cette situation que nous ne maîtrisons pas malgré nos efforts pour tenter d'en comprendre les ressorts a pour effet de nous rassembler dans une grande ignorance. Il vaut mieux, nous persuadons-nous, ne pas savoir. Cela nous évite de nous diviser. C'est un fait qui aura lieu plus tard, lorsque Paul Cathéter nous aura convaincus du bien-fondé de sa démarche. Parce qu'il nous convaincra. Cet homme qui refuse tout contact direct avec nous s'élève au-dessus de nous et distille sa conviction profonde qui n'est pas la nôtre, mais qui est celle de personnages puissants dont parlent les documentaires que nous regardons à la télé. Et nous nous disons en voyant ces hommes : Quelles ordures ! Mais nous pourrions aussi nous dire : Quels génies ! Sont-ils des ordures ou des génies ? Paul Cathéter n'est-il que le gros plein de soupe que nous surnommons « Gros Porc » ou est-il aussi cette espèce de machine broyeuse dont nous craignons l'intelligence implacable ? Tant que nous l'appellerons « Gros Porc », l'espoir persiste. Et c'est sur ce défi qui consiste à ne voir en lui qu'un gros porc que nous nous endormons tous.

TROISIÈME PARTIE

TRAHISON

LA DG

C'est tout de même insensé que je doive encore et toujours obéir. Paul Cathéter me convoque à neuf heures, et je m'exécute, consultant ma montre toutes les deux minutes pour ne pas être en retard. J'ai passé ma nuit à préparer l'entretien pour négocier mon départ. Mais, ce matin, je me sens aussi faible qu'un veau qui va à l'abattoir. De quoi ai-je peur, puisque je veux en finir avec ce boulot qui me rend vile et lâche ? Mon père ne saura pas que je n'ai pas rempli les fonctions de directrice générale (pourquoi me suis-je tant accrochée à un masculin ?). Mon père si loin de moi, à qui j'aurais voulu prouver que je pouvais être quelqu'un sans devenir fonctionnaire, sans connaître sur le bout des doigts *Une saison en enfer*, sans élever d'enfants. Ma mère, enfouie depuis si longtemps. Je cherche parfois à estimer ce qu'il peut rester d'elle après tant d'années passées sous terre. Je suis libre de parents. Leur regard s'est détaché de moi d'un seul coup, et il me semble que, dans la nuit qui vient de finir, je les ai perdus tous les deux en même temps. Mon père, ma mère, et ma sœur si lointaine et fuyante, l'enfant que je n'ai jamais eu, tout ce qui me fait défaut devient force, forge une belle solitude contre laquelle personne ne peut rien. On ne peut plus exercer de pression sur moi. Je vais vendre mes Dolce&Gabbana sur eBay, entamer une psychothérapie comportementale et m'installer dans ma maison de campagne. Il y a des solutions. Mais...

... J'ai donné Ariane Stein.

Et je m'en veux d'éprouver du remords.

J'ai donné Ariane Stein.

Maintenant que je ne serai plus là, cette décision me semble d'autant plus injuste. Je lui retire ses chances de progresser sans moi.

J'ai donné Ariane Stein.

Il va falloir que je m'explique.

Pourquoi elle ?

Pour effacer les traces de nos disconvenances. Elle et moi, c'était elle ou moi. N'est-ce pas facile de l'exprimer ainsi ? Nos places respectives ne se respectaient pas. (Une formule, ça ne va pas.) Elle ne m'aimait pas, je ne l'aimais pas. Est-ce plus simplement dit ? Je l'ai aimée pourtant, au début. Je savais pour elle, qui l'ignorait, ce qu'elle allait devenir. J'en avais une intuition forte, et j'ai tout fait pour la mener sur le chemin de la réussite. Quelle est cette nausée qui m'envahit dès que je l'évoque ? Son indifférence me glace. Sa manière d'être performante à l'abri de toute émotion me déstabilise. Son jugement froid et chirurgical sur les textes me perturbe. Son argumentation sans faille m'énerve. Un texte est un texte et elle ne semble pas prendre conscience que, derrière ce texte, une personne existe. Ariane est une femme frigide, j'en suis certaine. Et son regard coupe-gorge me glace. Pourtant, je dois reconnaître que son travail est impeccable. Mais peut-on utiliser ce mot quand il s'agit d'histoires pour les enfants ? N'aurait-elle pas rechigné à publier un texte de Lewis Carroll si elle avait ignoré qui est Lewis Carroll ? Non. Je ne peux pas me réfugier derrière Lewis Carroll pour justifier son licenciement. Pourquoi est-ce que je pense à elle alors que je vais jouer ma peau ? Parce que ma peau et la sienne s'ignorent, et que je ne le tolère pas. Je hais Ariane Stein. De son divorce, je n'ai rien su. Je l'ai appris par la voie administrative. Comme puis-je supporter, moi qui alerte le monde entier parce qu'un insecte m'a piquée, que ma collaboratrice ne me tienne pas au courant de cette épreuve qui fatalement bouleverse sa vie ? Mais, est-ce si sûr ? Est-ce que son divorce l'a vraiment bouleversée ? Je n'en ai rien senti. Et ses enfants, les a-t-elle évoqués une seule fois en ma présence ? Ariane est Alien. Un monstre dont je n'ai jamais pu entamer la carapace. Mais est-ce pour cela que je l'ai vendue ? Et si j'ai dénoncé Ariane comme une personne pouvant nuire à la société, ne me suis-je pas dénoncée moi-même, qui aurais tant et tant voulu posséder sa puissance d'être là tout en étant ailleurs ? Elle m'a échappé violemment, cruellement, sadiquement, me ravissant le pouvoir à force de ne pas le craindre. Je l'ai donnée comme on livre une défaite et ses yeux dans les miens aujourd'hui, si je la croise ce matin, seront mes yeux rétrécis par les siens.

Je voudrais croire en Dieu.

J'ai prié sur l'île Saint-Louis pour que mon enfant voie le jour. Je sentais Dieu très près de moi, installé sur le quai de la Seine, les jambes dans le vide, détendu, prêt à la discussion, et sa décontraction me laissait présager le meilleur. J'aime Dieu, me disais-je en moi-même, convaincue que cette pensée parviendrait jusqu'à lui et qu'elle suffirait à rendre ma vie plus douce. Mon garçon — car c'était un garçon, j'en avais la certitude — gazouillait déjà à mon oreille, et son père, heureux, le prenait en photo. L'île Saint-Louis est devenue pour moi le lieu de la haute trahison. Je ne peux la traverser sans nous revoir tous les deux assis sur un quai, et je ne vois de Dieu que les jambes gigotant dans le vide. De moi, je garde l'image d'une sorte de sainte destinée à l'amour filial, et qui fut empêchée par un caprice. Ariane a eu deux garçons, Cyril et Antonin. Antonin est le prénom que j'avais choisi, secrètement, pour mon fils.

Il est neuf heures moins le quart. Dans le taxi, c'est RTL à fond. Il est question de grippe A, de bébés congelés, d'une fusillade à Saint-Ouen entre bandes rivales, du port de la burqa. Je voudrais demander au chauffeur de baisser le son, mais je pressens ma demande comme offensante et je ne me sens pas d'attaque pour justifier le droit que j'ai à être tranquille puisque je paye. On n'a plus le droit de rien, hormis celui de se taire.

Le chauffeur de taxi, dont je n'ai qu'entr'aperçu le visage dans le rétroviseur, commence à me faire peur. Je n'ose pas m'adresser à lui pour le supplier de cesser le vacarme qui hurle qu'une fillette a disparu dans la Drôme. Le plan « alerte enlèvement » risque de se déclencher d'une heure à l'autre, et les parents, tétanisés, s'adressent en direct au kidnappeur potentiel qui peut-être écoute RTL dans sa voiture en savourant qu'on parle de son affaire. La petite Émilie, six ans, brune et les cheveux coupés au carré avec une frange, vêtue d'un jean, d'un tee-shirt rouge à l'effigie de Dora l'exploratrice et de tennis roses est peut-être enfermée dans le coffre, un bâillon sur la bouche. Mon Dieu, je vais être en retard.

— Vous êtes certain que, passer par Strasbourg-Saint-Denis, ça ne rallonge pas ? parviens-je à objecter.

— Pourquoi, je devrais pas, à votre avis ?

— Il me semble que ce n'est pas le plus court chemin.

Le chauffeur pile. Les voitures derrière lui klaxonnent. Il se retourne vers moi, et je vois un visage dont la peau se colle aux os sous le coup d'une colère sourde et violente.

— Madame veut-elle m'indiquer un autre itinéraire ?

Je suis effrayée. J'hésite à sortir, mais la raison me pousse à rester. Je dois arriver à l'heure. Le plan de Paris se brouille dans ma tête et je me mets à douter du bien-fondé de ma remarque.

— Non, j'ai dû me tromper, continuez, s'il vous plaît.

L'homme redémarre si brusquement que mon crâne heurte l'appuie-tête. Il me maltraite en conduisant comme un fou, pilant, slalomant, se fichant éperdument d'un éventuel flic planqué à un éventuel carrefour. Il s'arrête finalement dans un crissement de pneus devant le 5 de la rue de Malte.

— Vous êtes contente ?

Sa question me ploie. Je regarde le compteur : 12 €. Je n'ai que 15 €, pas de monnaie. Je les tends et quitte la voiture en claquant la portière. Je lui laisse un pourboire. Je paie ma lâcheté et ma peur. Je serai à l'heure au rendez-vous, veule et craintive, jusqu'à ce que je me prouve le contraire. Je m'engouffre dans l'immeuble, enjambe des caisses, évite les diables, me faufile entre les déménageurs, fais un effort de mémoire pour me souvenir de l'agencement des bureaux. J'avais demandé à visiter les locaux avant le jour J, faveur qui m'avait été accordée en ma qualité de DG. Je monte, descends, erre, tente de me repérer dans les boyaux étroits du labyrinthe, ne reconnais plus rien car les cloisons qui ont été montées me perturbent, reviens sur mes pas, et, enfin, à l'entrée d'un bureau, un nom : Paul Cathéter. Je frappe, Entrez, me répond-on. J'entre, Paul est derrière une table en verre qui fait toute la longueur de la pièce, mais seul son ordinateur portable trône, et il en tapote le clavier tout me faisant signe de la tête de m'asseoir. Je m'assieds.

— Je refuse votre démission, entame-t-il, sans se donner la peine de me dire bonjour.

— Vous avez raison de la refuser, car ce n'est pas une démission. Nous avons jusqu'à Noël pour invoquer la clause de cession, mais le montant me paraît dérisoire à l'aune du préjudice qui m'a été porté. Je voudrais étudier avec vous les conditions qui rendront possible mon départ.

— Vous avez de l'humour. J'apprécie.

— Je ne vous autorise pas à émettre une quelconque opinion sur ma personne. Quant au reste, puisque vous ne semblez pas disposé à la discussion, je vous propose de prendre contact directement avec mon avocat.

Paul Cathéter cesse de pianoter sur son clavier. J'en conclus que j'ai fait mouche. Il lève sa lourde tête vers moi et ses yeux de porcin se fixent sur ma poitrine.

— Et comment se nomme votre avocat ?

— Maître Boursican.

— Allez, arrêtons de rigoler. Nous n'avons pas le temps de jouer à ces petits jeux. Vous savez que j'ai besoin de vous, autant que vous avez besoin de moi. J'ai peut-être été un peu rude l'autre jour au téléphone, mais il faudra vous habituer. Vous comprenez bien que je ne peux pas prendre en compte les problèmes de chacun. Au fait, comment va votre père ?

— Mon père a perdu la mémoire, voyez-vous. Il est atteint de la maladie d'Alzheimer. Il ne supporterait pas, s'il avait toute sa tête, de savoir que je plie sous le joug de votre gouvernance.

Paul Cathéter s'est remis à taper. Il est visiblement agacé.

— Hum, oui, je conçois. Mais vous parlez du joug de ma gouvernance et, là, franchement, je ne vois pas le rapport.

— Le rapport, c'est que mon père me traiterait de collabo s'il savait que je vous ai livré un nom. Il ne me le pardonnerait pas. S'il n'était pas atteint de cette maladie, je pourrais lui parler, peut-être même essaierais-je de justifier mon acte. Mais je ne peux pas le faire. Tout est là, et ça m'est apparu lorsque vous m'avez téléphoné l'autre jour. Je ne sais pas pourquoi je vous dis ça. Vous êtes hermétique à toute expression d'humanité. Je vous demande donc d'étudier une possibilité de me laisser partir dans de bonnes conditions.

— Je vous ai appelée au mauvais moment, c'est donc ça. Alors, je n'ai aucun regret. Je n'ai pas besoin d'être entouré de gens fragiles qui font d'un simple rappel à l'ordre professionnel une affaire personnelle.

Il marque un temps.

— Maître Boursican, j'ai déjà entendu ce nom-là.

— C'est le meilleur de Paris.

— Vous me faites vraiment rire. Mais je ne vous retiens pas plus longtemps. Si, avant, je dois vous poser une question : pourquoi cet acharnement contre Ariane Stein ?

— Mes raisons ne vous appartiennent pas. Elles resteront miennes, et secrètes.

— Votre père se mordrait les doigts s'il savait que vous vous servez de lui pour gâcher votre carrière.

— Je ne vous autorise pas à vous mettre à la place de mon père. Et sachez, pour votre gouverne, que les indemnités auxquelles je vais prétendre et que vous me verserez me permettront de réfléchir tranquillement à l'avenir.

— Vous êtes bien sûre de vous.

— Vous m'avez fait du chantage. J'ai été acculée à la délation, et je n'en dors plus. C'est un préjudice moral. J'ai « nettoyé » mon ordinateur, comme vous me l'aviez demandé. Mais j'ai imprimé notre correspondance. Vous m'avez menacée de me virer si je ne vous donnais pas un nom. Certes, vous y avez mis les formes, mais n'importe quel juge saura lire entre les lignes. J'ai gardé toutes les traces.

Je me lève pour clore l'entretien. Paul Cathéter ne redresse pas la tête. Il garde le nez sur son ordinateur. Il ricane petitement en me souhaitant bon courage.

J'enjambe les caisses dans l'autre sens, me heurte aux déménageurs, évite les diables. Je croise, en sortant, Ariane. Elle me salue avec un grand sourire, me demande si je vais boire un café, et, lorsque je lui réponds non, me dit :

— Dommage, je vous aurais volontiers accompagnée. J'ai besoin d'un café.

LE CHŒUR

Nous déambulons dans les couloirs étroits avec la pochette que l'on nous a remise à l'entrée. C'est le mode d'emploi du lieu, et le numéro de notre emplacement. 18, c'est mon chiffre porte-bonheur ! Personne ne rit, ou du bout des lèvres. Les rumeurs courent à propos de Christophe Perritoni. Certains semblent même étonnés de le voir encore parmi nous. Alors que personne n'a encore ouvertement prononcé le mot « licenciement », il semblerait que le processus soit déjà en route, invisible et pourtant tangible. Christophe sautille presque en cherchant son espace. Il est comme un môme qui entrerait dans un nouveau jeu. Nous échangeons des regards mi-amusés mi-tragiques. Chacun a en tête son vomissement en plein milieu de la réunion. La scène a été revécue un millier de fois entre nous, racontée à nos proches, c'est l'événement qui a marqué les esprits, le symptôme de notre dégoût du rachat. Christophe lui-même s'en rengorgeait, ressassait son acte comme s'il se fût agi d'un exploit, et les gens avaient fini par fuir la machine à café pour éviter d'entendre une énième version de l'histoire, assortie des interprétations psychanalytiques que Christophe développait depuis qu'on lui avait expliqué la puissance symbolique de son geste. Lorsqu'il trouve son box, nous sommes rassurés. Le 18 correspond bien à un espace en ces lieux, preuve que Christophe n'est pas viré. Et nous tous, armés de notre petit carton, regagnons notre terrier en soupirant de soulagement. Table en formica, bloc tiroirs, armoire en fer-blanc, ampoule halogène au plafond, cloisons de verre de haut en bas qui obligent à garder les chaussures aux pieds, papier scotché sur le mur indiquant qu'il est interdit de coller des affiches sur les vitres, pas de lumière du jour, pas de fenêtres, pas de portes garantissant un semblant d'intimité, excepté pour le bureau des chefs, ordinateur orienté de telle sorte qu'il devient impossible d'envoyer un mail personnel, mais soulagement pour chacun de découvrir son nom affiché dans un petit rectangle, près du numéro. On rejoint nos pièces en silence. Aucun carton n'a encore été acheminé. Les caisses contenant le gros du matériel et les objets encombrants sont arrivées, les cartons, non. Ce n'est pas tout à fait normal, mais nous ne posons pas de questions. Nous prenons la mesure de la peur qui nous a habités tout le week-end lorsqu'elle se retire enfin et que nous pouvons respirer. Cela tient au fait que chaque cul a un siège sur lequel s'asseoir. Et lorsque nous sommes assis, nous tentons d'allumer nos machines. Qui bien sûr ne fonctionnent pas. Mais pas d'affolement ; un nouvel informaticien est prévu sur le site dès cet après-midi. Nous sommes sur un site. Nous sommes situés. Nous nous sentirions presque bien. Christine et Brigitte font le tour des bureaux pour connaître nos sentiments. Bernadette, la troisième des femmes du CE, a décidé de ne pas suivre et a négocié son départ. Elle me mâche le travail, c'est un licenciement en moins, a exprimé, paraît-il, Paul Cathéter. Nous les avions un peu oubliées, celles qui ont tout fait pour que les choses se passent autrement, qui n'ont cessé de nous prévenir du danger que représentait l'acceptation d'être rachetés par un escroc, qui nous ont encouragés à faire grève, à alerter les médias, à nous mobiliser pour exiger que nous restions dans le grand groupe de presse en question, Nous en avons les moyens ! assenaient-elles avec une conviction moyenne. Nous avions déjà baissé les bras. Rester dans le groupe, c'est la mort de Mercandier Presse, nous assurait-on du côté des patrons. C'était prendre le risque d'un plan social. Un grand coup de balai dans la masse salariale, des titres supprimés, la fin d'un monde. Oui, le patron du groupe de presse avait accepté les négociations en faveur d'un plan social très avantageux pour les salariés. Il pouvait signer en chantant ; il savait que ce plan social n'aurait pas lieu. Quelqu'un parmi nous éprouve une rage supérieure à celle qui est partagée par tous les salariés. Ce n'est pas Amandine Fourcade, ni Muriel Dupont-Delvich, ni Agathe Rougier. Patrick Sabaroff, non, pas Christophe non plus, ce n'est pas Laurent Berrichon, ce n'est pas Ariane Stein. Ce ne sont ni Brigitte, ni Christine, ni Bernadette. Mais nous sommes si nombreux, et la haine, dans ces circonstances, peut s'emparer si facilement de l'un de nous.

Pourtant, malgré les conditions pénibles dues aux locaux dans lesquels il va falloir que nous produisions davantage, malgré la pression qu'exercent sur nous les chefs, nous n'avons pas le droit de nous plaindre. Nous gardons nos emplois. Nous sommes des privilégiés. Je suis encore dans le mouvement, pense-t-on. Et l'idée que nous puissions être élus pour rester dans la course est assortie d'un sentiment de soulagement mêlé de honte.

PATRICK SABAROFF

Et l'homme qui sait qu'il va mourir, qui a passé vingt-deux ans de sa vie à accepter l'idée de sa mort, se retrouve pris au piège par les six heures qui le séparent de l'injection létale. Il redevient comme un enfant, voudrait jouer au petit train électrique. Lui qui a écrit et publié des livres sur la justice américaine, a été lu par des milliers d'étudiants inscrits en droit, voudrait que sa mère, morte pourtant depuis deux ans, vienne le prendre dans ses bras parce qu'il pleure, qu'elle lui assure qu'il vient de faire un cauchemar et que demain tout ira bien. Mais ce soir, malgré ma volonté à entrer dans la tête de cet homme que je me suis mis à aimer, à force de l'avoir rencontré tant et tant de fois, je ne trouve pas le sommeil. Je n'ai parlé à personne de la lettre de licenciement que j'ai reçue vendredi. Pourtant, hier soir, je suis allé à une fête où la plupart de mes vieux copains des Arts appliqués étaient présents. Ça roule toujours pour toi, à Mercandier Presse ? Oui, ça roule. J'ai entendu dire que vous aviez été revendus. C'est vrai ? Oui, on a même été rachetés. Par qui ? Oh, un type qui s'imagine qu'il va redresser la boîte en la vidant de sa substance, puis qui va la revendre un bon prix. Un homme d'affaires, quoi. Et toi, ça craint pour toi ? Non, pas plus que pour les autres. On est tous embarqués sur le même bateau. Alors, pour le moment, tu t'en sors plutôt bien ? Oui, on peut dire ça comme ça.

Et de rentrer chez moi à moitié ivre (moi qui ne bois jamais), de chercher la lettre dans le tiroir, de la relire à voix haute en éclatant de rire, de téléphoner à ma mère à trois heures du matin qui, heureusement, n'a pas entendu la sonnerie, et de m'effondrer sur le canapé en pleurant comme un môme.

Je suis viré. Cette petite phrase tourne en boucle dans ma tête. Et j'ai beau penser à mon personnage exceptionnel qui a écrit des essais en prison, à sa panique lorsqu'il prend conscience que, dans quelques heures, il ne respirera plus, qu'il n'aura plus l'ombre d'une pensée, que plus jamais il ne sera gêné par le froid ou la chaleur, qu'il n'éprouvera plus la tristesse de n'avoir pas embrassé sa mère avant qu'elle meure, cela ne me console pas. Je me sens plus à plaindre que lui puisque je ne vais pas mourir, que je vais devoir affronter le monde dans la peau du type au chômage qui s'est fait licencier sans raison. Sans raison ? Personne n'y croit. Il y a toujours une bonne raison de vouloir se débarrasser de quelqu'un. Je voudrais comprendre pourquoi Paul Cathéter a eu envie de me voir partir, moi qui l'aurais suivi quoi qu'il ordonne. Je ne peux pas aller travailler demain matin. Je ne veux pas le croiser au détour d'un couloir. Non parce que j'aurais envie de lui foutre mon poing dans la gueule, mais parce que je ne supporterais pas de lire dans son regard le mépris qu'il a pour moi. J'ai honte.

J'avais enfin l'impression d'avoir trouvé un chef.

LE CHŒUR

Il s'est passé quelque chose d'insensé dans la nuit de vendredi à samedi. Des cartons ont été éventrés. Des cartons ont été éventrés ? Oui, c'est ce que j'ai cru comprendre, et c'est pourquoi nous n'avons pas nos cartons. Qui a éventré les cartons ? On ne sait pas qui a éventré les cartons, mais des cartons ont été éventrés, dans la nuit de vendredi à samedi. Y a-t-il eu des vols ? On ne sait pas encore. Les cartons ont été laissés sur place pour être examinés. On a fait appel à des policiers. Mais la police, dans la mesure où il n'y a pas eu d'agression, va, dit-on, cesser les investigations. Les investigations ? Tu regardes quelle série le soir à la télé ? Dominique va nous faire une annonce dans un quart d'heure. Dominique ? Elle sait des choses ? Non, mais elle est supposée en savoir plus que nous. Pourquoi, parce qu'elle est chef ? Oui, il va falloir t'y faire. Il paraît qu'Auguste Poudrin est chef aussi. Tant mieux, plus y a de chefs, plus on rigole. Tu rigoleras moins quand tu ne pourras plus te tourner nulle part sans croiser un regard qui te renverra à ta condition de petit soldat. En attendant, quelqu'un a fouillé nos cartons. Et si on refusait d'essayer de savoir qui c'est ? Oui, il ne faut surtout pas que l'on trouve le coupable. Moi, je m'en fous ; dans mes cartons, il n'y avait que du travail. Dans les miens, il y avait du travail et des gilets. Dans les miens, il y avait des fournitures en pagaille. J'avoue que je délire avec les fournitures. J'en fais une collection idiote et j'espère que la personne qui a fait ça ne me dénoncera pas. Moi, j'avoue que j'ai stocké des DVD porno que je ne peux pas rapporter à la maison. Moi, j'ai piqué un téléphone, mais il ne me servira à rien, c'est ridicule.

Nous sommes maintenant réunis dans une salle qui est bien trop petite pour nous contenir tous. Certains vont devoir écouter du couloir. Dominique Bercanta se tient droite comme un i, attend que le brouhaha cesse et annonce de but en blanc qu'un voleur s'est introduit dans la nuit de vendredi à samedi dans nos anciens locaux pour éventrer nos cartons. Instinctivement, elle porte les mains à son ventre. Oui, une équipe est sur place pour constater les pertes, réparer les dégâts, refaire les cartons qui seront acheminés vers nos locaux cet après-midi. Et, dans la mesure où les ordinateurs ne sont pas en état de marche, nous pourrions faire l'inventaire de nos besoins en termes de mobilier, réfléchir à la façon dont dispatcher les fournitures, penser une organisation provisoire peut-être, mais nécessaire pour le commencement, tenter de ne pas s'inquiéter pour les cartons, répète-t-elle tout en se tenant le ventre, parce que les vandales qui ont fait le coup seront attrapés, débusqués, va-t-elle jusqu'à dire, et n'empêcheront en aucun cas que notre société aille de l'avant. En tout cas, conclut-elle (par ce qui aurait pu faire office d'introduction), je vous souhaite la bienvenue dans ces nouveaux locaux et j'espère que chacun d'entre vous se sent prêt à donner de lui-même pour relever le défi. Quel défi ? dit quelqu'un. Des rires, des soupirs, rien de plus. Dominique refuse de répondre à tant de bêtise. L'un de nous est coupable ! lance Christophe dont on ne se serait pas attendus à ce qu'il intervienne maintenant. Plaisante-t-il ? Non, il n'a pas l'air de plaisanter. Il est sérieux. Dominique nous explique que le coupable se connaît lui-même, et que cela suffit pour que nous ne perdions pas notre temps à le découvrir. Le coupable, en cet instant, nous voudrions tous l'être. Ce culot, nous aurions tous aimé l'avoir. Éventrer les cartons, quel bonheur, éventrer les projets foireux, éventrer les chefs, éventrer les décisions arbitraires, les représailles, les abus de pouvoir, les entretiens dont on sort la queue entre les jambes alors que ça fait vingt ans qu'on est dans la boîte et que l'on s'entend soudain dire qu'on n'est plus bons à rien, éventrer la bêtise, éventrer ce rien qui tient lieu de tout et devant lequel on doit s'agenouiller. On aime notre métier, et le métier ne nous aime plus. Je pleure, tu as pleuré, il pleurera, nous pleurons. Parce que les larmes sont des yeux pour chacun. Où est Agathe ? dit quelqu'un qui vient de comprendre à quel point nous nous étions laissé berner. Où est Patrick ? dit quelqu'un d'autre. Où est Amandine ? Pourquoi Muriel Dupont-Delvich ne nous accueille-t-elle pas ?

— Où sont Agathe Rougier, Amandine Fourcade, Patrick Sabaroff ? demande-t-on à Dominique qui est déjà sur le point de quitter la salle de réunion trop étroite.

— Ce n'est pas à moi de vous répondre, répond-elle, et elle s'éclipse.

Licenciement siffle au-dessus de nos têtes. Licenciement. Que ce mot est doux à prononcer. Prononcez-le tout bas et disséquez chaque syllabe. C'est le mot le plus cruel et le plus sournois de la langue française. Nous observons Dominique qui se contorsionne et bafouille de peur de laisser échapper une information. Nous ne lui en voulons pas, nous avons pitié d'elle et nous abandonnons nos questions.

En quittant la réunion, nous nous tenons le ventre, un geste communicatif qui n'épargne personne.

DOMINIQUE BERCANTA

Ce n'est pas à moi de vous répondre, ai-je dit lâchement. Je suis au courant pour les trois licenciements. Je sais que les recommandés sont partis depuis plusieurs jours. Agathe est convoquée cet après-midi, les deux autres la semaine prochaine. Je suis étonnée que Patrick et Amandine ne soient pas là aujourd'hui. Ont-ils voulu marquer le coup ? Se sont-ils mis en arrêt maladie ?

Paul Cathéter m'a convoquée en qualité de bras droit de son ex-bras droit : Je veux taper fort dès le début pour qu'il n'y ait pas de malentendus. Je me débarrasse en priorité de ceux qui ne feront pas d'histoires, m'a-t-il confié. Les autres suivront plus tard. Je joue cash, voyez-vous. D'abord, j'ai cru qu'il plaisantait. Mais non, cet homme ne perdrait pas son temps à plaisanter avec moi. Devant mon air catastrophé, il a eu un petit rire. Étant donné votre statut, vous ne pouvez ignorer les noms de ceux que j'ai licenciés. C'est pour ça que je vous en parle. Mais votre réaction me laisse penser que vous allez utiliser votre clause de cession et partir travailler au pays de Oui-Oui. Je n'ai pas trouvé de mots pour exprimer mon dégoût, et tant mieux, parce que je me suis reprise. J'ai justifié ma stupéfaction en disant que je trouvais que les choses allaient vite, mais que, dans le fond, il valait peut-être mieux se débarrasser des problèmes épineux pour commencer à travailler sur de bonnes bases. J'ai osé demander qui étaient les prochains sur la liste. Ce petit rire méprisant, de nouveau. Pas vous, Dominique, pas vous, ne faites pas cette tête-là ! Je compte sur vous, au contraire. D'autant que, mais peut-être êtes-vous au courant, Muriel Dupont-Delvich va nous quitter. Vous voyez, il y en a déjà qui ont peur. Plus ils montent, plus ils pissent dans leur froc. Ce n'est pas votre cas, j'espère. Que pouvais-je répondre ? J'ai secoué la tête. Mais je tiens à vous rassurer, vous ne serez pas propulsée au rang de directrice générale. Je sens que vous n'en avez ni l'envie ni les moyens. En revanche, j'attends de vous que vous continuiez à opérer comme vous le faites depuis quelques semaines. Ne vous occupez pas du reste. En attendant que je vous présente votre nouveau chef, je serai votre interlocuteur en cas de problèmes. Mais je préférerais qu'il y ait le moins de problèmes possible. J'ai acquiescé. Que pouvais-je faire d'autre ? Il n'a pas répondu à ma question concernant les futurs licenciements. Quant à ceux d'Agathe Rougier, de Patrick Sabaroff et d'Amandine Fourcade, il les a résumés en quelques mots : vieille et inutile, ambitieux et tatillon, frivole et inefficace. Ai-je contesté les adjectifs dont mes trois collègues étaient affublés ? Non, je ne l'ai pas fait. Et je me suis sentie coupable de reconnaître que Paul Cathéter avait le jugement sûr. Et puis, bien sûr, le doute : quelqu'un l'a aidé. Et puis, l'évidence : j'ai participé à cette première élimination. Je me souviens du jour où je suis entrée dans le bureau de Muriel Dupont-Delvich avec les derniers jeux d'épreuves en main. Paul Cathéter était là. Cela ne m'a pas empêchée de jeter les feuilles sur la table en disant :

— Muriel, nous avons un problème avec Amandine. Elle est censée relire les épreuves et trois fautes ont été débusquées par le service de fabrication. Vous vous rendez compte, c'est la « fab » qui relève les erreurs, maintenant !

Je m'étais emportée. Je venais de donner le premier nom.

Si je reste à Mercandier Presse à la place que l'on m'a attribuée, je continuerai à donner des noms, que je le veuille ou non. Remonter les manches, renoncer aux vacances ou travailler deux fois plus pour sauver une boîte en faillite n'est plus à l'ordre du jour, ne l'a jamais été. Je comprends pourquoi Paul Cathéter a besoin de moi. Il m'a signifié qu'il serait souhaitable, étant donné la démission de Muriel Dupont-Delvich et l'absence d'Auguste Poudrin, que je rencontre au plus vite le directeur des ressources humaines qui interviendra dans une dizaine de jours. Il est prêt à organiser un rendez-vous en amont de sa venue dans l'entreprise.

Ce qui m'effraie le plus, c'est que Paul Cathéter a décelé en moi des qualités dont j'ignorais l'existence. Ma belle-sœur surgit soudain et je l'entends aussi sûrement que si elle se trouvait à côté de moi : Alors, ça y est, tu t'es enfin rendu compte que travailler n'avait pas plus de sens que ça ! Surtout pour une femme... Puisque tu vas avoir du temps, quand vous viendrez en Normandie le week-end, je te donnerai des recettes très faciles à réaliser avec des produits « bio » qu'on trouve maintenant très facilement dans tous les supermarchés.

Non, surtout pas ça.

Et ces qualités effrayantes dont on m'a affublée m'apparaissent comme un salut, le seul moyen que j'aie de conserver un travail, de garder un emploi, d'être salariée dans une entreprise.

ARIANE STEIN

Cartons, cartons, cartons... Ce mot se répercute sur toutes les parois et dans tous les coins. Je ne me suis pas donné tout ce mal pour rien. La police mène une enquête, fait des investigations. Je suis à l'origine de toutes les questions qui occupent les esprits ce matin. Qui a bien pu faire ça ? Pourquoi ? Ça ne peut être que l'un de nous. Que pensait-il trouver ? Qu'a-t-il trouvé ?

On en oublierait presque le boyau et les box, l'obscurité du lieu et l'étroitesse des couloirs, longs et sinueux comme des serpents. 9. J'ai tiré le numéro 9. J'entre dans le bureau 9 et m'assieds directement sur la chaise. Je regarde autour de moi, et les choses ne me semblent ni belles ni laides. La force du lieu est qu'il retire toute possibilité de porter un jugement critique. Je me plie à ce qu'on m'impose : je n'en pense rien. Et, à n'en rien penser, je m'apaise, je me calme, mes nerfs se reposent d'un long week-end où je me suis étudiée sans emploi, seule avec mes enfants, devant leur dire que leur maman n'avait plus de travail, et c'est la pire chose que l'on puisse dire à des enfants, que l'on n'a plus de travail. Je veux ne jamais me trouver dans cette situation.

Le bureau sans documents — tout étant entassé dans des cartons — ressemble à un décor de carton-pâte. Mes cartons, que j'ai eu le réflexe d'éventrer dans un sursaut de stratégie, me levant au petit jour avec comme seule idée en tête de trouver un cutter, craignant que la lumière n'attire un vigile, et me livrant à un massacre sur mes propres affaires, déchirant les manuscrits, violentant les livres. Le plaisir que j'ai pris à me déchiqueter fut un réel ravissement. Ce moment fut le meilleur de la nuit. La transe est un état particulier qui vous propulse loin de vous.

Donc, j'attends, comme les autres, qu'il se passe quelque chose. Dominique nous a demandé de faire l'inventaire. Il est plus que temps de faire l'inventaire.

— J'ai deux enfants, Antonin et Cyril.

— Un ex-mari qui s'appelle Eduardo.

— Un appartement que je loue 1030 € par mois.

— Des parents partis vivre à l'étranger.

— Une voisine voyante qui insiste pour lire mon avenir.

— Aucun héritage en perspective.

— Pas d'amis (le concept m'ennuie, et les gens aussi).

— Une sorte de malaise qui m'éloigne des autres.

— Une solitude qui en découle naturellement, mais dont je souffre pourtant.

— Une armoire normande encombrante que ma mère m'a léguée avant son départ et que j'ai mise en vente 2000 € sur eBay.

Mes enfants prennent trop de place dans ma vie depuis que je suis séparée de leur père. Ce n'est pas bon pour eux. Mes petits chéris, je les retrouverai ce soir. Ils me raconteront leur week-end avec Domi. Je les écouterai d'une oreille distraite car je sais déjà tout. La tarte aux pruneaux, la course à vélo et les victoires truquées. Peut-être même penserai-je à autre chose pendant qu'ils me parleront. Je l'espère, car cela signifierait que l'élaboration de mon grand projet a des chances d'aboutir. J'ai passé le week-end entier à réfléchir, à me faire violence pour envisager un avenir qui ne soit pas que sabotage. J'ai saboté déjà, toute une nuit. Cela m'a pris toute mon énergie. C'était épuisant, et c'est suffisant. Et puis, il s'en est fallu d'un rien. Je me suis remémoré une promesse que je me suis faite pendant ma nuit de délire. J'en ai oublié les termes, mais il était question d'existence, de combat, de je ne sais plus quoi qui m'emmènerait ailleurs. J'ai téléphoné dès la première heure à Paul Cathéter afin qu'il me reçoive au plus vite. Il était déjà sur place, bien sûr. Il s'est montré distant et sur la réserve, et je l'ai appâté en lui assurant que j'avais des révélations à lui faire. Il a été sceptique, mais a mordu à l'hameçon. Il m'a promis qu'il me contacterait dans la matinée. J'ai étudié la façon dont je pourrai mettre à profit ma connaissance de la situation. Les lettres sont en ma possession. Je ne serai soupçonnée de rien car personne ne pourra m'imaginer dans le rôle du voyou.

Ce matin, je possède en moi une force qui pourrait appartenir à plusieurs. Mais je ne partagerai pas. Je garde toute ma violence pour moi. Mon cœur bat dans mon ventre, comme si j'allais commettre l'irréparable. Les gens qui passent devant mon box m'adressent des signes de main et des mouvements d'épaules qui signifient que nous partageons le même sort. Ce matin, nous ne sommes qu'un. Je pourrais me réjouir de cette proximité qui m'est d'habitude refusée : faire partie du groupe, se vautrer dans le collectif, s'exprimer d'une même voix, être d'accord.

C'est trop tard. Quelque chose n'a pas eu lieu, et n'aura jamais lieu.

— Ariane ?

Je sursaute. Je n'ai pas entendu Dominique entrer dans mon box.

— Ah, bonjour, Dominique.

— Tout va bien ? Tu es bien installée ?

Je sens le piège.

— Parfaitement.

— Tu n'es pas trop oppressée ? Je veux dire, tout le monde se sent un peu à l'étroit. Ces box, c'est quand même un peu dur, non ?

— Absolument pas. Je supporte très bien l'exiguïté et le manque de lumière.

— Je peux m'asseoir une minute ?

— Bien sûr.

Dominique s'assied en face moi, et nous sommes très proches l'une de l'autre.

— Ce que j'ai à te dire, commence-t-elle, est extrêmement embarrassant.

Je panique ; je ne pensais pas que les choses iraient si vite.

— Il semblerait que Muriel Dupont-Delvich ait démissionné.

Je respire. Ce n'est donc pas pour m'annoncer mon futur départ que Dominique est entrée dans ce box.

— Ah bon ? arrivé-je à répondre avec désinvolture.

J'accuse le coup. Je suis à la fois soulagée et folle de rage que Muriel ait eu cette audace. Mes pensées se bousculent. Il faut que je transforme cette information en arme supplémentaire pour obtenir ce que je veux.

— Cela ne semble pas te faire plus d'effet que ça.

— Ça ne m'en fait aucun, c'est vrai. Je ne l'aimais pas.

Dominique semble désorientée par ma réponse.

— Je croyais que vous formiez une bonne équipe.

— Tu tiens cette information de qui ?

— D'elle, je crois. Cela ne veut pas dire que je n'ai pas eu vent de certaines de vos difficultés.

— Ah bon ? Mais lesquelles ?

Dominique s'empourpre. Il est impossible qu'elle ignore quel sort Muriel Dupont-Delvich me réservait. Elle chasse la question d'un geste de la main.

— Ce n'est pas pour cette raison que je venais te voir. En fait, Paul Cathéter te convoque dans son bureau.

— Ah bon ? Mais quand ?

— À quinze heures trente.

— Merci de venir me le dire.

— Cela ne semble pas te faire plus d'effet que ça, répète-t-elle en semblant se souvenir qu'elle a déjà prononcé ces mots.

— Dominique, on se connaît mal. Nous n'avons pas encore eu l'occasion de travailler ensemble. Mais sache que les choses me font peu d'effet. C'est un avantage, ou un inconvénient. Je ne trancherai pas.

Dominique fixe un point sur le mur, derrière moi. Elle voudrait disparaître à la seconde, c'est évident. Elle voudrait n'être pas entrée pour me parler. D'être chef, les bras lui en tombent.

— Toujours est-il que Paul Cathéter t'attend, dit-elle en se levant. Et je suis heureuse que ça ne te fasse pas plus d'effet. Tu as raison, après tout, il ne s'agit que d'un rendez-vous avec notre nouveau patron. Il n'est pas si terrible que ça, tu verras.

Et elle quitte le box sans me regarder.

Je la rappelle :

— Dominique ? Tu crois que je vais me faire virer ?

Elle a un mouvement vers moi que je sens sincère et bon, mais elle se ravise et sort du bureau sans me répondre. Elle n'a pas fait semblant de ne pas m'entendre et, rien que pour cela, je lui suis reconnaissante.

Je me lève à mon tour et mes jambes me portent à peine. Je me mets à trembler comme une feuille, moi que la peur avait quittée.

LE CHŒUR

Le labyrinthe vibre sous les chuchotements qui enflent au fur et à mesure que la nouvelle se répand : trois licenciements, une démission. Trois licenciements pour donner le ton, distiller la peur, organiser l'angoisse. Paul Cathéter est sur toutes les lèvres : le salaud, l'ordure, le menteur. Paul Cathéter est dans toutes les têtes : pourvu qu'il ne continue pas, pourvu que je ne sois pas sur la liste. Paul Cathéter ne nous a pas accueillis par un petit déjeuner de bienvenue. Paul Cathéter ne nous a pas adressé la parole. Paul Cathéter ne veut pas nous connaître. Pour tuer un chien, il ne faut pas croiser son regard, dit Christophe, le seul qui soit encore capable de prononcer une phrase avec un sujet, un verbe et un complément. Étrange : on n'aurait pas pensé que ces mots pouvaient venir de lui. Nos phrases à nous ne se finissent pas, elles tournent en rond sans trouver leurs points finals. Tu crois que. Ce n'est pas possible que. Il n'a pas pu. C'est complètement. Agathe, ça faisait combien de temps qu'elle. Amandine, c'est quand même. Il était pourtant si sûr de rester, Patrick, il nous encourageait même à. C'est. L'enfoiré de Cathéter, il est. Les regards s'agitent et cherchent le réconfort dans les yeux de l'autre. Ne pas être seul, surtout. Les regards pour nous souder dans une unité que rien ni personne ne pourrait détruire. Nous sommes faits comme des rats, dit encore Christophe qui reprend du poil de la bête, comprenant qu'il a un rôle, et qu'il faut qu'il le joue vite. Nous avançons dans le boyau par deux ou par trois, rejoignant un autre petit groupe et, de petits groupes en petits groupes, nous nous amassons dans une sorte d'open-space où sont censés œuvrer quatre maquettistes sous les néons. Ils nous proposent leurs sièges, mais rien ici n'est à eux, ni leurs fauteuils, ni leurs talents, ni leurs regards sur les magazines puisque, dorénavant, seul Auguste Poudrin décidera de l'ensemble graphique des journaux. Et où est-il, Auguste Poudrin ? demande quelqu'un. Il est malade. Grippe A. C'est un précurseur. Il a téléphoné ce matin, ne reviendra que la semaine prochaine. Alors, qu'est-ce qu'on fait ? Brigitte et Christine nous assurent qu'elles vont prendre rendez-vous avec l'Inspection du travail, que ce qui se passe est inadmissible, qu'elles nous avaient mis en garde, mais que nous avions été sourds à leurs prédictions. Elles semblent épuisées, comme si elles avaient mené des combats souterrains qu'elles auraient tus pour ne pas nous effrayer, nous qui ne voulions rien savoir. On s'est fait berner comme des bleus, nous annonce Christophe d'une voix qui porte fort. Il s'est emparé du drapeau de la révolte, et nous avons un peu honte de défiler sous des couleurs si fades.

MURIEL DUPONT-DELVICH

Comment ai-je pu être assez stupide pour ne pas emporter avec moi les documents qui vont me permettre de coincer ce salaud ? À ce jour, je continue à faire partie de l'entreprise. Je dois donc revenir dès demain sur mon lieu de travail, ne serait-ce que pour ne pas me mettre en faute et récupérer mes précieux papiers. Je me demande comment j'ai pu me soumettre à cet homme. Et lorsque je conclus que j'étais sous le charme, malgré le dégoût qu'il m'inspirait, j'ai envie de me donner des gifles. Je lui sais gré de m'avoir appelée au moment précis où je soutenais mon père pour l'emmener dans son ultime demeure. Il m'aurait contactée une heure avant ou une heure après, il est possible que je serais encore en train de me persuader que j'épouse la plus belle des fonctions et que j'atteins un sommet inespéré. Ma vie aurait été faite de compromissions et je crois que j'aurais tout fait pour ne pas m'en rendre compte. Je m'en veux terriblement d'avoir précipité le départ d'Ariane Stein. Elle saura probablement que je suis à l'origine de son licenciement, et je pourrais m'en ficher puisque je n'y suis plus. Mais je ne m'en fiche pas. Je pars sur cette infamie-là. Elle me méprisait et, moi, je ne réussissais pas à éprouver du mépris envers elle. J'ai agi comme une enfant furieuse en piétinant ce que je ne parvenais pas à m'approprier. Mais que sais-je au fond des enfants et de leur colère ?

À partir de maintenant, il me faut réfléchir à chaque geste, mesurer chaque acte, penser chaque parole. Maître Boursican me somme de me comporter selon les règles et de ne pas me mettre en défaut. La situation l'intéresse. Le peu qu'il a déjà récolté sur les activités de Paul Cathéter avant qu'il ne rachète notre société semble le motiver. C'est un escroc, m'a-t-il dit, mais c'est un bon. L'enjeu le séduit, et il est prêt à se battre, non pour moi, mais pour vaincre un ennemi à sa taille.

Papa, je vais venir te voir. Je serai près de toi dans une demi-heure. Je vais tout te raconter. Tu te révolteras quand je te dirai ce que je serais devenue si j'étais restée à ce poste. Mais tu t'inquiéteras, quelques secondes plus tard, de savoir si mes élèves ne me mènent pas la vie trop dure. Je te répéterai, pour la centième fois au moins, que je ne suis pas devenue professeur. Tu me diras alors : Mais qu'est-ce que tu fais ? Et je ne pourrai pas te révéler que je ne fais rien, que j'attends des indemnités, puis le chômage, que la retraite n'est pas loin, que je peux m'en sortir. Tu ne connais pas mon âge, tu me demandes régulièrement si j'ai des enfants, et quand je te réponds que, non, je n'en ai pas, tu m'encourages à prendre mon temps en m'assurant que j'ai toute la vie devant moi. À tes yeux, je suis ta fille, et c'est cela qui compte. Tu te préoccupes de moi et tu veux mon bonheur, quand tu ne me confonds pas avec Barbara, mais peu importe, finalement, et ce « peu importe » recouvre la souffrance d'une vie. J'ai été jalouse de ma sœur. Je lui en veux de ne pas être à mes côtés pour me soutenir auprès de toi. Mais, aujourd'hui, quelle importance.

Et puis, je t'emmènerai le week-end à la campagne. Je te lirai *Une saison en enfer* dans le petit jardin où j'ai installé une table. Tu me demanderas même peut-être si c'est moi qui ai écrit toutes ces belles choses. Je crois que je serai tentée de te répondre : Oui, c'est moi. Tu poseras alors ta main sur mon bras et tu me féliciteras. C'est si beau, me diras-tu. J'ai toujours su que tu avais du talent. Relis-moi un passage, veux-tu ?

Tu verras, la maison est petite, mais on s'y sent bien. Elle n'est pas située très loin de Paris, et l'air y est si pur.

LE CHŒUR

Les cartons arrivent... Nous sortons un à un de nos bureaux, hagards d'inactivité. Les déménageurs semblent surpris d'être l'objet d'une telle attente. Ils suent à grosses gouttes sous le poids de nos cartons. C'était un vrai massacre, répond l'un d'eux à qui l'on demande pourquoi il a fallu tant de temps. Il est trois heures de l'après-midi. Paul Cathéter n'est pas encore sorti de son bureau et l'informaticien n'est pas passé. Il est trois heures de l'après-midi, mais le temps est devenu opaque ; il pourrait être midi, ou six heures. Le déménageur qui a prononcé la phrase est aussitôt assailli par nos questions. Nous formons des petites grappes autour de lui et le harcelons pour qu'il nous donne les détails. Oui, il y en avait partout. Les feuilles volaient dans tous les coins, certains livres étaient arrachés, les stylos décapités, les rouleaux de scotch dévidés, les poubelles renversées, les murs tagués... Il y avait même une bible affreusement détruite, déposée sur le palier à l'entrée de l'étage, en guise de signature, probablement. Une bible, vous vous rendez compte ?

Le déménageur halète en racontant, et l'on pourrait croire qu'il a rencontré le diable. Son collègue rit en l'écoutant. Arrête ton char, dit-il, tu exagères toujours. Nous, on voudrait que l'autre continue, qu'il nous serve des doigts coupés retrouvés dans des sacs en plastique. Mais les déménageurs ont du travail, ils ne sont pas là pour amuser une galerie de petits salariés bien au chaud dans leurs pantoufles. Nous suivons encore un temps leurs mouvements, prenons conscience qu'ils ont entre leurs mains ce que nous attendons depuis ce matin, rentrons dans nos box pour accueillir ce qu'il reste de nos biens et faisons l'heureux constat que, finalement, les choses ne sont pas si dégradées que ça. Chaque livre, chaque stylo, chaque dictionnaire, chaque classeur retrouvé intact nous met en joie. Les objets prennent à nos yeux une valeur inestimable. C'est comme si une partie de nous-mêmes nous était restituée. Et puis, soudain, une voix s'élève : Patrick Sabaroff vient de me téléphoner. Il est au fond du gouffre et demande ce que nous comptons faire pour lui. Il a décidé de ne plus venir au travail. Il est en quête d'un avocat. Il se demande s'il ne commet pas une erreur, s'il ne doit pas quand même revenir. Il est paniqué. Il demande que Christine ou Brigitte le joigne sur son portable le plus vite possible.

Une secousse électrique, un frisson dans l'échine, un brusque rappel de notre condition, une forme surréaliste de la réalité. Alors, il est vraiment licencié ? demande quelqu'un. Il a reçu sa lettre vendredi. Le Salaud ! Le salaud est dans son bureau ; on pourrait aller lui demander des comptes. Il devrait au moins nous tenir au courant de. Dupont-Delvich savait, et c'est peut-être pour ça qu'elle a. C'est lui faire trop d'honneur que de penser qu'elle a démissionné pour. Il faudrait au moins la contacter pour lui demander si. Et comprendre pourquoi elle. On éloigne Patrick Sabaroff en mettant les feux sur Muriel Dupont-Delvich. Nous ne voulons pas répondre à la question de ce que nous comptons faire pour lui. Rien. De toute façon, on ne peut rien faire. On ne peut rien faire. Le « faire » ne nous appartient pas. Et il nous arrangerait presque de subir. Nous sommes une bête à cinquante têtes réparties dans les box d'un labyrinthe compliqué dont elle ne pourra plus sortir. Les têtes tomberont, mais elle restera prisonnière, car une bête ne sait pas ce qu'est le choix. Putain, Patrick, c'était un bon, pourquoi c'est lui qui a sauté ? C'est quoi, les critères ? Les têtes regardent la tête qui vient de prononcer ces phrases. Cette tête-là ne va pas tarder à tomber, se dit la bête.

ARIANE STEIN

C'est étrange. Un certain calme est revenu en moi. Est-ce que je peux penser un instant que mon rendez-vous avec Paul Cathéter m'a apaisée ? Peut-être. Le fait qu'il propose que l'on se retrouve au café dans une demi-heure sous le prétexte de prendre l'air parce que l'ambiance du déménagement n'est pas propice à la discussion me donne de l'espoir. Lorsque je suis entrée dans son bureau, tout à l'heure, il m'a reçue sans lever les yeux de son ordinateur portable. Il a grogné un vague B'jour auquel j'ai répondu Bonjour, monsieur Cathéter, et il ne m'a pas proposé de m'asseoir. Je suis restée debout. J'aurais pu rester ainsi devant lui pendant de longues minutes sans qu'il ne se passe rien. J'ai compris que cela faisait partie de sa stratégie de déstabilisation. Aussi n'ai-je pas bougé en attendant qu'il prenne la parole. Ce qu'il a fait, parce que ce silence le perturbait plus lui qu'il ne me perturbait moi.

— Vous avez conscience que demander un rendez-vous dès le premier jour de notre installation dans les nouveaux locaux a quelque chose de déplacé.

Sa voix traînante et rauque, vulgaire sans que je sache m'expliquer pourquoi, est en contraste avec la façon dont il s'exprime. J'ai l'impression d'avoir affaire à un voyou qui joue le rôle de chef d'entreprise.

— J'en ai parfaitement conscience, ai-je répondu sans m'empêtrer dans les raisons de ma démarche.

— Je vous écoute, a-t-il dit en continuant à pianoter sur son clavier.

— Je voulais simplement vous informer d'un

problème qui existe entre Muriel Dupont-Delvich et moi.

— Je ne suis pas le bureau des pleurs. Adressez-vous à Dominique Bercanta ou à Auguste Poudrin pour régler vos différends. Je suis outré que vous ayez sollicité un rendez-vous avec moi ce matin pour une histoire de querelle avec votre supérieure hiérarchique.

J'ai encaissé. J'ai noté qu'il ne m'informait pas de la démission de Muriel. Il ne voulait entrer en contact avec moi sous aucun prétexte. J'ai attaqué :

— Étiez-vous au courant que Muriel Dupont-Delvich ne savait pas tenir une plume ? Saviez-vous que je rédigeais les éditoriaux de tous les journaux qu'elle dirigeait ? J'ai gardé toutes les preuves de ce que j'avance dans un dossier. Je devrais le retrouver dans l'un de mes cartons.

Il s'est enfin détaché de l'ordinateur pour s'adresser à moi.

— Avez-vous récupéré tous vos cartons ? Sont-ils endommagés ? C'est une véritable histoire de fou.

— Je vous avoue que je n'ai pas encore pris le temps de faire l'inventaire. Mais je ne vois pourquoi on aurait subtilisé mes papiers.

— Bref. Et, à propos, vous n'auriez pas une petite idée de qui aurait pu s'amuser à tout saccager ?

Il mordait à l'hameçon. Je commençais à exister pour lui du seul fait qu'il m'offrait la possibilité de dénoncer quelqu'un.

— Non, ai-je répondu, je ne vois pas. Enfin, pas pour l'instant.

— Que voulez-vous dire ?

— Je veux dire qu'il suffit d'ouvrir ses yeux et ses oreilles dans les semaines qui viennent. J'ai cru comprendre que l'acte de vandalisme était l'œuvre d'une personne déséquilibrée qui voulait nous nuire. Je suis encline à penser que cette personne laissera échapper des signes qui nous conduiront à la démasquer.

— Nous ? a-t-il relevé. Moi, malheureusement, je ne pourrai pas observer qui que ce soit. Ce n'est pas mon boulot.

— Mais Dominique Bercanta et Auguste Poudrin travaillent directement avec les journalistes, les employés...

Il ne m'écoute pas.

— Pourrai-je vous confier cette mission ?

— Qu'entendez-vous par là ?

— Eh bien, en clair, je vous demande de mener votre petite enquête. Vous aviez l'air sûre de vous il y a un instant ; je peux décider de vous faire confiance.

— Je vous remercie de votre confiance, mais ce n'est absolument pas pour ça que j'étais venue vous voir.

— Je sais, je sais. Écoutez, dans cette ambiance de déménagement, on ne va pas pouvoir parler. Il y a un bar à deux pas d'ici qui s'appelle *Le République*. J'avais l'intention d'aller y boire un café. Vous n'avez qu'à vous y trouver dans une demi-heure. J'ai des choses importantes à régler avant.

Et Paul Cathéter a replongé la tête vers son ordinateur, ne m'a pas gratifiée d'un sourire, a fait de nouveau comme si je n'existais pas.

Je me sens presque bien. Je suis fière de la façon dont j'ai mené l'entretien. C'est la première fois de ma vie que je me livre à un jeu de rôles pour obtenir ce que je veux, que je n'ose pas nommer, mais qui a trait au pouvoir ou à la survie, cela dépend sous quel angle on examine les choses. J'y voyais un comportement exécrable, j'y perçois maintenant une manière très naturelle de tout faire pour conserver mon poste. Je pense à mes enfants avant tout. Je m'en veux tellement de les avoir mis en danger. J'ai failli tout foutre en l'air, et leur vie avec. Maintenant, c'est fini. Je suis apaisée. Dominique Aladdin-Mortus s'éloigne de moi. Je ne veux pas qu'elle explique à mes garçons que je suis fragile. Je vais lui prouver que je ne suis pas fragile. Eduardo n'en reviendra pas. De quoi ? Je ne sais pas encore très bien. Mais je sens que j'approche. La crasse est un terrain fertile où germe l'idée du pouvoir. Jamais je n'aurais eu l'espoir d'obtenir un tel poste dans une entreprise où gouverne l'ombre d'un héros de série B, de ceux dont on pense que la caricature est trop marquée, que le scénariste y est allé un peu fort. D'autres ombres plus opaques auxquelles la grande ombre a octroyé un petit pouvoir font plier les exécutants sous des ordres contradictoires, infantilisent les troupes, maintiennent les individus à des statuts subalternes en les menaçant d'un c'est ça ou rien. Aujourd'hui, manœuvrer, dénoncer, flatter, faire preuve de cynisme et jouer les forts en thème suffit pour accéder au rang de supérieur. Les compétences passent au second plan.

Dans un sursaut de lucidité, je me dis que, si mon projet devient réalité, je cesserai de penser les choses ainsi. Pour conserver ma santé mentale, et pour le bien de mes enfants.

Alors, je croise les doigts pour que Paul Cathéter voie en moi la personne idoine. Je ne sais pas encore exactement en quoi consisterait mon rôle, mais je suis prête à l'endosser.

AGATHE ROUGIER

L'infirmière qui vient de sortir de ma chambre m'a assuré qu'elle reviendrait me dire au revoir avant de quitter son service. Elle s'appelle Lucie. C'est un merveilleux prénom qui m'ouvre des perspectives. Peut-être le moment est-il arrivé pour moi de commencer une nouvelle collection. Le mot « collection » résonne dans ma tête et augmente la souffrance. J'ai mal, mais le plus douloureux est de ne pas pouvoir localiser la douleur. Mon crâne est touché derrière à gauche. La bande qui m'enserre me donne l'impression que le cerveau est totalement atteint, et que — mon Dieu, que ça fait mal — je ne pourrai plus jamais penser comme avant. Le psychiatre que j'ai vu hier soir m'assure que c'est normal. Le choc a été violent ; ma tête a cogné d'abord un objet en fer, puis le sol. Il m'a aussi parlé d'une lettre de licenciement que j'aurais reçue. Je ne m'en souviens absolument pas. J'ai demandé à la voir, mais le médecin m'a assuré que ça n'avait pas d'importance, que le principal pour moi était de me reposer. Je me repose. Je ne fais que ça. Et, pourtant, je sens gronder en moi une agitation permanente qui m'empêche de respirer normalement. Chat sera pris en charge, m'a-t-on affirmé. Mes premiers mots ont été pour lui lorsque j'ai repris conscience. La concierge de l'immeuble a été contactée et le prendra dans sa loge. Et puis, le reste, je n'en sais rien. Brigitte m'a téléphoné. Elle désire venir à l'hôpital. Elle m'a parlé d'un accident de travail dû à un management inhumain. Je vais également recevoir la visite de deux experts du comité d'hygiène, de sécurité et des conditions de travail. Brigitte m'assure que ces gens peuvent beaucoup pour moi. L'Inspection du travail est aussi sur le coup, paraît-il. Nous devons absolument prévenir les instances garantes de l'application du Code du travail de ce qui se passe à Mercandier Presse. Ton licenciement est abusif et injustifié. Et tu n'es pas la seule dans ce cas. Nous sommes tous menacés. Ceux qui resteront subiront des pressions telles qu'ils tomberont malades. Nous devons nous battre et nous nous battrons. Tu m'entends, Agathe ? Agathe, tu es là ?

La voix de Brigitte s'est éloignée. Je ne parvenais plus à comprendre ce qu'elle me disait. Travail, Code, abusif résonnaient comme les résidus d'une vie à laquelle je ne participerais plus jamais et dont le souvenir est associé à une figure molle. Tout est flou. J'imagine que je vivais comme j'ai toujours vécu, mais il y a eu un choc, de ça je me souviens. J'aimerais retrouver mon chat et mes poupées, reprendre mes activités de tous les jours. Mais au fond qu'est-ce que je faisais ? Je travaillais, oui, je me le rappelle, je me rappelle même le poster qui décorait mon bureau : c'était la Provence, peinte par Bonnard. Et j'aimais me promener dans le paysage au milieu des bruyères. Je me souviens aussi de la moquette, mouchetée de saumon et de gris, assez laide, finalement, mais que j'aimais bien parce que j'y voyais la figure d'un vieillard par endroits, avec des petites moustaches. J'avais même tenté de faire admettre ce motif à certains de mes collègues, mais eux n'apercevaient pas le vieillard. Ils se moquaient gentiment de moi en me disant que j'avais trop d'imagination. On n'explique pas les choses qu'on est seule à voir.

L'image de cette moquette décuple mes maux de tête. Je ne sais plus où diriger mes pensées. Lucie va venir me dire bonsoir. Je l'attends. J'attends.

Je suis assise en face d'un homme dont le seul charme consiste à vous tenir à distance. Il ne me regarde pas mais scrute l'écran de son iPhone en appuyant sur des touches. Une oreillette lui entoure le lobe et le tient en alerte. Nous sommes au *République*. C'était, il y a peu de temps encore, une brasserie ordinaire avec des tables carrées et des chaises de bistrot qui s'enfilaient les unes derrière les autres, éclairée par des lustres lourds et crasseux, pas ces lampes design sorties du mur comme les chandeliers dans *La Belle et la Bête*. Ce décor mauve et ces cadres volontairement rococo contenant des tableaux désespérément ironiques n'existaient pas. Une femme singe buvant à la paille le sang d'un canard est le motif de l'un d'eux. C'est sur ces images que mon regard s'attarde, tandis que Paul Cathéter est absorbé par sa machine. Nous avons commandé des cafés et je me suis laissé tenter par la proposition des croissants. L'homme renard qui écrabouille le cerveau d'un moineau avec un sourire de Joconde me fascine tant que je ne m'aperçois pas que Paul Cathéter a relevé la tête. Il me fixe maintenant, l'air un peu hébété, comme s'il se demandait ce que nous faisons assis l'un en face de l'autre. Il se racle la gorge et me dit :

— Reprenons. Vous espérez quoi, exactement ?

Je ne m'attendais pas à cette question. J'ai le désagréable sentiment d'être un rat de laboratoire entre les mains d'un scientifique qui étudie les comportements. Je commence à regretter de m'être laissée aller à l'imagination, d'avoir pu penser que je pouvais devenir quelqu'un d'autre.

— Rien, dis-je, je n'espère rien. Je suis venue vous voir ce matin parce que je pensais qu'il était bien pour moi de vous tenir informé du ressentiment qu'éprouve Muriel Dupont-Delvich vis-à-vis de moi.

Sait-il que je connais l'intention qu'a Muriel de partir ? Je ne pense pas. J'attends de voir s'il va m'en avertir, mais il n'en dit pas un mot.

— Vous écrivez ses éditos, donc.

— Oui.

— Et vous avez gardé les preuves de ce que vous avancez.

— Oui.

— Écoutez, s'il s'avère que ce que vous dites est vrai, cela pourrait considérablement changer la donne.

— De quelle donne parlez-vous ?

— Autant que je sois clair : Muriel Dupont-Delvich veut se débarrasser de vous.

— Mais pour quel motif ?

— Incompatibilité d'humeur et inadaptation à la nouvelle organisation. Ce sont des motifs suffisants pour licencier quelqu'un. Bien entendu, nous trouverions un arrangement pour que vous ne partiez pas sans rien.

— Je dois comprendre que je suis licenciée ?

— Je n'ai pas exactement dit ça ; je me suis

exprimé au conditionnel. Je vous informe des intentions de votre supérieure hiérarchique.

Pour un peu, je serais tentée d'oublier que je détiens la preuve du harcèlement dont a été victime Muriel pour l'obliger à donner un nom. Le fumier que j'ai en face de moi se transforme en bon samaritain capable de réviser ses plans pour préserver mon emploi. Je marche sur des œufs.

— J'ai fait mes preuves jusqu'à présent. Cela fait treize années que j'exerce mon activité et la qualité des textes a été validée par les différentes études qui ont été faites sur les journaux. Jamais je n'ai reçu d'avertissement, mais au contraire des lettres de parents satisfaits de ce que nous offrions à lire à leurs enfants.

Paul Cathéter a un geste brusque de la main.

— Vous n'êtes pas en entretien d'embauche. Ce n'est pas la peine de me faire l'article. C'est presque indécent.

— Je suis bien obligée de me défendre !

— Vous défendre de quoi, je ne vous ai pas attaquée. Mais je trouve la situation embarrassante. J'ai toute confiance en Muriel Dupont-Delvich que j'ai nommée à un poste important. Vous, je ne vous connais pas. Vous m'annoncez en quelque sorte que vous faisiez une partie du travail de votre supérieure. Certes, je veux bien vous croire, mais j'en veux la preuve. Une fois que vous me l'aurez apportée, je reconsidérerai les choses.

Il marque une pause et je comprends que je

ne dois pas m'engouffrer dans le silence. Il ajoute :

— Je vous ai aussi demandé de faire pour moi une petite enquête. Y êtes-vous toujours disposée ?

— Naturellement.

— Vous savez ce que ça signifie, je suppose ?

— Je n'y vois pas encore bien clair mais, oui, je ne reviens pas là-dessus.

— Donc, vous vous sentez prête à désigner un ou plusieurs de vos collègues ?

Je sens que nous y sommes. Je lutte contre l'envie de me lever et de quitter l'endroit. Une goutte de sueur coule le long de mon avant-bras.

Les cafés et les croissants arrivent, me délivrant d'une réponse, un refus ou un consentement. Peut-être, si j'avais été contrainte à réagir immédiatement, aurais-je commis l'irréparable. Mais où se situe l'irréparable ?

(Fuck off Dominique, fuck off Eduardo, fuck off vos vies de merde avec jardin, crêpes au citron et balades en vélo dans la forêt de Fontainebleau, si belle quand l'automne vient. Fuck off vos simagrées et vos lectures au coin du feu à vous extasier devant le style époustouflant d'untel dont vous suivez de près tous les romans, vos conversations tranquilles et sans éclats tant vous êtes d'accord sur tout, y compris sur l'éducation des enfants que vous n'avez pas eus ensemble, sur la nécessité de préserver la planète, et bon sang, me voici obligée, sur l'injonction de mes deux garçons, de trier les ordures. Je m'incline, je m'exécute en maudissant l'Aladdin-Mortus. Je devrais pourtant en prendre de la graine. C'est une femme bien. Quand on dirige un centre culturel, on ne peut être que bien, intelligent et tout et tout. Fuck off la vie dont j'ai pensé un jour qu'elle avait un sens lorsque je me suis réveillée avec Eduardo à mes côtés, mon amant merveilleusement beau qui allait devenir un mari. Fuck off nos boums jusqu'à cinq heures du matin où l'on se tombait dans les bras en pleurant sur *Diego* de France Gall, c'est dire comme on avait bu. Et l'on s'étonnait au matin de n'avoir pas fermé l'œil de la nuit, tellement on s'aimait d'un amour incroyable et unique. *Unique*, tu entends, Dominique ? Tu ne feras jamais le poids avec tes tartes aux pruneaux et tes prouesses en rollers.)

Ces pensées défilent à toute allure pendant que le serveur installe sur notre table cafés, croissants, verres d'eau et serviettes en prenant tout son temps. Éloigner de moi ce que je suis en train de vivre. Me donner des raisons de devenir une autre pour fuir les démons qui m'assaillent. Et c'est en imaginant Dominique parler à mes enfants, pour qu'elle ne puisse plus jamais leur dire à quel point leur maman est fragile, que je m'entends prononcer :

— Si le fait de « désigner » est nécessaire pour débarrasser l'entreprise d'individus qui veulent la mettre à mal, alors non, je n'hésiterai pas.

— Je vois que vous raisonnez sainement, dit

Paul Cathéter en se replongeant dans l'étude de son iPhone.

Dois-je déduire que l'entretien est terminé ? Il met deux sucres dans son café et tourne avec sa petite cuillère. Puis il saisit son croissant d'une main et y trempe une corne tout en traficotant son téléphone de l'autre.

Je ne sais pas quoi faire de ma peau. Je l'imite, m'intéressant soudain au café et au croissant, calquant mes gestes sur les siens en attendant qu'il reprenne le fil de notre discussion. Et alors se produit ce que j'espérais depuis le début. Paul Cathéter m'annonce, sans relever la tête de son engin :

— Muriel Dupont-Delvich va quitter l'entreprise.

Si Dominique l'a averti qu'elle m'a mise au courant, je suis exclue du jeu. Mais je tente le tout pour le tout et mime la stupéfaction.

— Vraiment ? Mais comment c'est possible ?

— Je crois qu'elle approche de la retraite, et le poste de directrice générale l'effraie. Il y a un âge, sans doute, où l'on a moins envie de s'investir... Aussi m'a-t-elle fait savoir qu'elle préférait partir.

— Et c'est au moment où elle choisit de partir qu'elle me balance comme un mauvais élément ? C'est assez incroyable, vous ne trouvez pas ?

Paul Cathéter semble légèrement déstabilisé. C'est la première fois depuis le début de l'entretien. Il pose son iPhone sur la table et retire l'oreillette comme si celle-ci le gênait désormais, l'empêchait d'être vraiment concentré.

— La ménopause, ça joue parfois des tours, non ?

Et il part dans un rire gras, me révélant le personnage que nous connaissons tous sans jamais l'avoir rencontré vraiment. Là, il ne joue pas de rôle, il est lui-même. Sa voix est accordée à ses propos. C'est un voyou qui s'est piqué de devenir homme d'affaires et qui se serait senti plus à son aise dans l'achat d'une société de petites culottes que de journaux pour enfants. Je pourrais me sentir bien plus forte que lui à cette seconde, bien plus intelligente, et bien plus maligne. Mais c'est ce qu'il attend, pour mieux m'écraser. Je ne me laisse pas avoir par sa gouaille et par la possibilité qu'il m'offre de me montrer offensante envers ma supérieure hiérarchique. Je dois respecter mes supérieurs, et si lui a le droit de les traîner dans la boue, moi, je ne l'ai pas. Je dois continuer à attendre tout de lui, dans une soumission qui m'ordonne de sourire à sa blague, mais qui ne m'autorise pas à m'engouffrer dans le mauvais esprit.

Il éteint son rire comme on coupe le son. Il regarde sa montre, semble chercher le garçon, pressé soudain d'en finir, on a perdu assez de temps comme ça. Je me permets alors de revenir à la charge, soupçonnant que nous pourrions nous quitter sans que rien n'ait été décidé. Je lui présente les choses de façon qu'il ait le sentiment de posséder le pouvoir de vie ou de mort sur ma personne.

— Excusez-moi d'insister, mais que comptez-vous faire de moi ?

Il rit, comme on accueille la plaisanterie d'un enfant.

— Écoutez, me dit-il, le mieux que je puisse faire est de vous donner une chance. Je veux bien croire qu'il y ait un contentieux entre Muriel Dupont-Delvich et vous-même. Si vous acceptez d'être de mon côté, je peux remettre en question le projet que j'avais de vous licencier.

— Et que dois-je faire pour être de votre côté ?

— M'aider à la coincer pour faute. Il est hors de question que je verse des indemnités à quelqu'un qui me lâche dans un moment crucial. Il faut trouver le coupable des cartons, accepter de collaborer avec le DRH au moment où je serai obligé d'envisager de nouvelles organisations.

— Et quand aurai-je le temps de traiter les manuscrits ?

— C'est un problème annexe, les manuscrits. De toute façon, nous allons faire de plus en plus d'achats et de reprises. Cela vous libérera du temps. J'avoue d'ailleurs qu'en dehors des griefs qui ont mené Dupont-Delvich à vous pousser vers la porte, votre poste aurait été menacé. De toute façon, il aurait fallu, pour pouvoir vous garder, que vous vous adaptiez à d'autres fonctions.

Il marque une pause. Puis il me demande, avec l'hésitation qui accompagne une idée qui survient et dont on n'évalue pas encore si elle est bonne ou mauvaise :

— Directrice générale, c'est un poste qui vous plairait ?

— Je crois, oui, j'en suis même certaine.

Mon aplomb lui ferait presque regretter d'avoir été si loin. Il lâche un rire de gorge qui exprime son malaise. Mais il se ressaisit immédiatement.

— Eh bien, dans ce cas, donnons-nous rendez-vous la semaine prochaine. J'espère que, d'ici là, vous aurez su faire preuve d'initiative et que vous aurez répondu à mes attentes.

— Pardon, mais : pourquoi Agathe Rougier ?

J'ai posé la question sans le vouloir. La première fausse note, le premier pas de côté, une parole que je n'ai pas pu contrôler.

Paul Cathéter s'apprêtait à se lever. La question le froisse et il fait le geste de retirer une poussière sur la manche de sa veste.

— C'est étrange, que vous me demandiez cela. Ça ne cadre pas avec ce que vous avez voulu montrer de vous. Alors réfléchissez un peu : vous garderiez, vous, une personne qui s'installe en arrêt maladie de longues semaines tous les trois ans pour dépression ? (Il accompagne le mot « dépression » d'un rictus qui souligne sa répulsion au phénomène.) Je ne suis pas les œuvres sociales. L'entreprise ne peut pas se laisser ralentir par les faibles. Pensez-y avant de revenir me voir, parce que je n'ai pas envie de perdre mon temps avec vous. Bon, je file.

Et il se lève pour clore l'entretien, se dirige vers la caisse pour régler les consommations et sort du café sans m'adresser un regard.

Je reste sans mouvement. Je ne sais pas quoi penser de moi-même. « Fuck off Dominique et les tartes aux pruneaux. » Cette phrase ne fait plus sens, ne me pousse plus en avant. J'ai à peine touché au croissant. Je triture une corne et finis par l'émietter.

Je suis dans un film, mauvais d'ailleurs, plutôt un téléfilm comme j'aime parfois les regarder l'après-midi sur M6 quand je suis malade ou que je n'ai pas le courage de magnifier mon RTT en me livrant à des activités culturelles. J'aime les scénarios qui présentent un personnage apparemment lumineux et bon, dont on découvre au fil de l'histoire tout le mal qu'il porte en lui, et dont on mesure, mais trop tard, l'horreur d'avoir croisé son chemin. Je suis un personnage. Mais il n'y a pas de mal en moi. Je joue tout simplement à tenter de sauver ma peau, à explorer mon pouvoir, à risquer d'être une autre, pour le bien de mes enfants, me dis-je.

Je cherche le serveur des yeux. J'ai besoin d'un autre verre d'eau. En tournant la tête pour l'apercevoir, je découvre un tableau que je n'avais pas remarqué en entrant : une fille panthère tient en laisse une bande de chimpanzés scalpés. Elle les traîne derrière elle avec un bonheur carnassier.

Je suis sous le choc. Cela fait dix jours que nous sommes ici, ballottés entre des informations contradictoires issues de rumeurs incontrôlables — jamais les rumeurs n'ont été aussi nombreuses et n'ont couru aussi vite, et Paul Cathéter m'annonce entre deux portes que nous recevrons le directeur des ressources humaines à onze heures en présence d'Auguste Poudrin et d'Ariane Stein. J'étais censée le rencontrer avant sa venue officielle dans l'entreprise, mais ma stupeur ne vient pas de là. Elle vient de ce qu'Ariane Stein sera présente à la réunion. Lorsque Paul Cathéter a prononcé son nom, j'ai ouvert de grands yeux, mais il a balayé mon étonnement d'un geste de la main et a simplement dit : J'ai pris certaines décisions dont je n'ai pas eu le temps de vous faire part. Je n'ai pas osé l'interroger, d'autant qu'il m'a signifié d'un mouvement du menton que la discussion était close. Que dois-je conclure ? Il est impossible qu'Ariane soit convoquée pour un licenciement le jour même de l'arrivée de ce, comment s'appelle-t-il déjà ? Antoine Duchet ?, mais cela peut vouloir dire qu'elle est conviée en tant que tête dirigeante de la nouvelle organisation. C'est tout bonnement impossible. Elle ne peut passer de « personne indésirable » à chef. Et puis, à quel grade serait-elle promue ? Serait-elle au-dessous ou au-dessus de moi ? J'en viens à me demander si la rumeur qui court depuis deux jours sur son compte n'est pas exacte : Ariane Stein est tout le temps fourrée dans le bureau de Gros Porc ; elle essaie de se placer. Quand je pense que j'ai œuvré pour faire taire ces inepties. Et leurs rendez-vous, je les croyais liés aux discussions concernant le futur licenciement d'Ariane. Je ne comprends plus rien. Je m'imaginais protégée par la confiance du patron et je ne posais pas de questions. Pendant qu'on manigançait derrière mon dos, je faisais le tour des bureaux en dressant l'inventaire des disparitions ; établir la liste des objets et documents endommagés ou subtilisés au cours de la fameuse nuit a fait partie de mes attributions. Auguste Poudrin est exempté des basses besognes. Sa promotion l'a rendu plus mutique encore et il se contente souvent d'un hochement de tête pour approuver ou désapprouver les choix que les maquettistes lui soumettent. Nous devrions, lui et moi, être unis par notre progression dans la hiérarchie ; au lieu de ça, il joue à qui de nous deux portera le mieux la casquette de chef.

Ariane Stein, que j'ai interrogée comme tous les autres sur le contenu de ses cartons, m'a signalé une étrange disparition. Il s'agirait de brouillons qu'elle aurait gardés des éditos écrits par elle pour Muriel Dupont-Delvich et dont elle aurait été délestée. Et Muriel Dupont-Delvich, dont les cartons ont été le plus attaqués, soutient qu'elle détenait la preuve de la pression qu'exerçait sur elle Paul Cathéter. Elle est revenue pour les trouver, et pour négocier des indemnités. Ce qu'elle a obtenu à ce jour, c'est l'exemption de ses deux mois de préavis. Paul Cathéter ne veut plus la voir. Elle va le traîner devant les prud'hommes, et elle avait absolument besoin de ces documents, m'a-t-elle expliqué.

Nous avons tous reçu mardi dernier des gadgets envoyés par un expéditeur anonyme. Il semblerait que ces objets proviennent des effets personnels de Muriel, qui en a constaté la disparition. J'ai hérité d'une paire de bouchons d'oreilles « Chut, je dors... ». C'est ridicule, grotesque et pathétique. Mais j'y ai vu une intention à mon endroit, et c'est affreux de penser qu'un fou que je rencontre tous les jours, avec qui j'ai fait l'inventaire des cartons, à qui je m'adresse poliment, ait pu penser à moi comme à une pauvre chose endormie qui ne sentirait rien, ne verrait rien, ne comprendrait rien. Et ne suis-je pas en train de faire le constat que je n'ai rien senti, rien vu, rien compris ? Le fou furieux me connaît mieux que je ne me connais moi-même. Je m'en remets à son jugement ; le moment est peut-être arrivé pour moi de m'intéresser aux recettes bio de ma belle-sœur. Oh non, je ne vais pas me mettre à pleurer. Mais si, je pleure.

LE CHŒUR

Ariane Stein. Directrice Générale. Ariane Stein directrice générale. Ariane Stein devient notre directrice générale. Ariane Stein est notre DG. À partir de maintenant, c'est Ariane Stein notre directrice générale. C'est la stupeur. Ariane Stein est sur toutes les bouches, dans toutes les têtes, dans les haut-le-cœur. C'est à peine si nous nous souvenons du visage de celle que nous respections, mais que nous n'aimions pas parce qu'elle ne se laissait pas approcher, parce qu'elle nous regardait sans nous voir comme si elle nous méprisait, ou quelque chose de cet ordre-là, pas du mépris, non, mais une volonté de faire cavalier seul, de ne pas se mélanger à nous. Elle semblait atterrée pourtant par l'annonce de la vente, et surtout par celle du rachat par un individu en qui nous n'avions pas confiance. Elle disait parfois, et doucement, et pour elle-même, mais assez fort pour qu'on l'entende : Je ne bougerai pas. Aucun d'entre nous n'a osé lui demander pourquoi elle disait ça. Elle le murmurait, mais ces mots revenaient souvent. Nous prenions la chose comme l'une de ses bizarreries, sa façon à elle de résister, de lutter contre l'inconcevable. Elle n'avait pas d'amis. Elle s'était entichée de l'homme de ménage, et ça collait avec sa personnalité étrange et légèrement fantasque. Nous ne l'aimions pas, mais nous ne la détestions pas. Est-ce que vous avez reçu le mail ? Ariane Stein devient notre chef à tous ! Et, cette fois-ci, ce n'est pas Christophe, non, c'est quelqu'un d'autre. Qui ? on s'en fiche, on ne s'attarde plus à qui dit quoi, puisqu'il nous semble maintenant que n'importe qui peut dire n'importe quoi. Nous nous méfions de nous-mêmes, craignant de nous le pire : pourrions-nous devenir autres si l'occasion se présentait? Non, pas nous. C'est impossible. Nous refusons d'y croire. Des voix s'élèvent. Certains d'entre nous sont en colère. Et cette colère se propage à une vitesse enivrante. La colère est un remède contre l'aliénation. Nous ne savons pas bien ce que nous allons faire d'elle. La colère s'organise, dit quelqu'un. Non, la colère ne s'organise pas, lui répond-on, ça suffit d'entendre parler d'organisation. Créons le désordre, au contraire ! Le désordre, c'est Ariane Stein, dit un autre. Cessons de penser, par pitié ! Si on arrête de penser, on est morts ! Mais on est déjà morts, putain ! Eh, arrêtez vos conneries, on est vivants, les mecs ! Tu crois que t'es mort, toi? Non mais ça va pas la tête ! C'est drôlement malsain vos trucs.

Christophe Perritoni est choqué au point qu'il quitte le groupe en faisant claquer ses bottes sur le sol, mais la moquette absorbe son pas et modère son indignation. On le regarde s'éloigner en l'enviant peut-être de continuer à y croire.

Ariane Stein devient DG. Un sacré choc, tout de même. Une information que nous n'assimilons pas, un nouveau piège.

DOMINIQUE BERCANTA

Je n'ai rien dit pendant la réunion. J'ai accepté le choix de Paul Cathéter. Après tout, que m'importe d'être le bras droit de Muriel ou d'Ariane ? Qu'est-ce que ça change pour moi ? Un bras droit, c'est un bras droit. Être bras droit, c'est quelque chose. Je suis un bras droit et, dans une société, c'est déjà pas si mal. Je ne veux pas comprendre pourquoi Ariane Stein est devenue directrice générale. Ce que je sais, c'est que je ne veux pas ressembler à ma belle-sœur. Et puis, avoir des responsabilités n'est pas pour me déplaire. D'ailleurs, il ne faut pas que j'oublie d'aller voir Inès Belmont pour qu'elle m'explique le choix de son ours polaire pour le numéro de septembre. 72 centimes pour cette immonde peluche ? Il faudrait peut-être qu'elle songe à changer de fournisseur. Et puis, un ours polaire en septembre, c'est totalement décalé avec la saison. Un kit de rentrée aurait mieux convenu. Inès semble toujours très sûre d'elle, mais je ne suis pas certaine qu'elle soit très maligne, ni qu'elle ait les armes pour négocier. Évoquer cet aspect du problème en réunion marketing. Lire le roman de Bruno Bercanta que Guy m'a offert lorsqu'il a su que je portais le nom d'un écrivain. Téléphoner à ma belle-sœur pour confirmer notre venue le week-end prochain.

LA DG

Les gens évitent de croiser mon regard, me fuient comme si j'avais la gale, et je m'en fiche bien. J'ai toujours été évitée par tous ; je le suis maintenant pour de bonnes raisons. Et, finalement, qu'est-ce qui a changé ? Rien. Ou presque. Hier soir, j'ai promis aux enfants que nous irions samedi acheter des baskets de la marque qu'ils voulaient. Ils m'ont sauté au cou. La marque qu'on veut, maman, vraiment ? Je leur ai aussi promis que nous irions en Bretagne cet été alors que j'avais projeté des vacances dans le Morvan chez de vagues cousins. C'était une solution qui m'arrangeait, mais qui ne les réjouissait pas. À Douarnenez ? m'ont-ils demandé. Non, à Paimpol, ou quelque chose comme ça. Tu joueras au tennis avec nous ? J'ai répondu oui. Tu seras d'accord pour nous faire des crêpes ? J'ai répondu oui. On pourra louer des vélos ? J'ai répondu oui. Mon « oui » faisait venir sur leurs visages un sourire timide et incrédule, puis le sourire prenait de l'ampleur, devenait confiant. Leurs yeux qui d'abord me scrutaient pour savoir si je disais la vérité se sont remplis d'un bonheur que je n'avais pas vu briller en eux depuis très longtemps. On pourra s'endormir tous les soirs après minuit ? On partira en croisière à bord d'un voilier avec des cabines et des lits superposés ? On ira écouter le chant des baleines ? On fabriquera des châteaux de sable grandeur nature ? On fera de la plongée sous-marine... Ils s'enivraient de propositions et je répondais oui à tout. Cyril m'a toisée : On fera tout comme avec Dominique, alors ? J'ai continué à répondre oui, telle une automate. Antonin a poussé son frère du coude, mais j'étais lasse soudain, et lointaine : loin de mes enfants, loin d'Eduardo, loin de Dominique, loin de moi. Oui, leur ai-je répété, vous pourrez vous endormir tous les soirs après minuit, nous partirons en croisière sur un voilier avec des dizaines de cabines, on ira écouter le chant des baleines, on fabriquera des châteaux de sable plus grands que nous et nous ferons de la plongée sous-marine. Les garçons m'ont regardée comme si mes propos annulaient les promesses précédentes, ils ont penché la tête (j'ai cru que Cyril allait se mettre à pleurer). Antonin m'a prise par la taille. Même si on mange des poissons panés et qu'on ne va pas en Bretagne, on t'aime, maman, m'a-t-il dit. J'aurais pu être émue, j'aurais pu leur proposer d'aller faire une cabane dans le lit et de leur raconter des histoires, j'aurais pu leur dire que je les aimais, et que rien ne me faisait plus plaisir qu'être avec eux. Au lieu de cela, je les ai envoyés dans leur chambre. J'avais un dossier à étudier; Paul Cathéter m'a demandé de me pencher de près sur les compétences — dont il doute — de Dominique Bercanta. Le destin est méchant. Je passe d'une Dominique à l'autre. Les noms et les prénoms s'entremêlent et, puisque je ne peux plus rien contre Aladdin-Mortus, je me contenterai de nuire à Bercanta. Elles ont en commun, me dis-je, le défaut d'avoir perturbé ma vie en même temps.

Je garderai le tablier aux poches en forme de légumes que j'ai reçu l'autre matin. Qui sait si, un jour, je n'aurai pas envie de me mettre à faire des soupes, ou des tartes aux poireaux ?

LE CHŒUR

Notre cœur bat comme un fou. Nous avons une conscience soudaine et cauchemardesque de la précarité de nos existences dans l'entreprise. On nous a annoncé, par chefs interposés, un plan de restructuration qui impliquera des licenciements. Neuf départs demain, et neuf seulement pour éviter le plan social qui se déclenche à partir de dix, ce qui oblige l'employeur à quelques ajustements pour protéger les salariés licenciés. Nous comprenons que dans trois mois, pour respecter le délai légal, une grappe de neuf autres personnes sera désignée. Un journal qui était tenu par un rédacteur en chef, un secrétaire de rédaction et un maquettiste sera « managé » dans son ensemble par un chef de projet chargé d'« externaliser » les tâches. Les journaux deviendront des produits au même titre que des yaourts.

Ariane Stein se tenait au centre, entourée par Dominique Bercanta et Auguste Poudrin. Elle nous expliquait de quelle façon nous allions devoir nous adapter aux nouveaux outils pour avoir une chance de relever la société. Cela passerait par des sacrifices en termes d'emplois, ce dont elle était sincèrement navrée. Elle avait aussi conscience des adaptations que cela demanderait aux uns et aux autres. Paul Cathéter viendrait lui-même nous expliquer les dispositions qui étaient les siennes pour assainir la situation, mais elle avait pris sur elle de le devancer afin que nous soyons préparés à des éventualités qui risquaient d'être vécues durement par ceux qui verraient leur poste supprimé. C'était de son devoir de directrice générale de jouer la transparence ; c'est ainsi en tout cas qu'elle envisageait d'honorer ses nouvelles fonctions.

— Et je profite de notre première rencontre en ma qualité de directrice générale, a-t-elle enchaîné, pour vous exprimer mon plaisir d'avoir à travailler autrement avec vous. Je sais que certains d'entre vous sont étonnés de me découvrir à cette place. Je vous demande de respecter les décisions qui ont été prises. J'ai accepté de relever un challenge et je n'ai pas l'intention de justifier mon choix. J'adhère aux valeurs de Mercandier Presse autant que vous quoique, à vous voir, il semble que vous soyez sur le point de douter. Certes, l'annonce de licenciements n'est pas pour redonner confiance, mais...

— Tais-toi !

On a tous regardé Rose, une femme dont personne jusqu'ici n'a pensé à signaler la présence. Rose, si discrète, si timide, et presque transparente. Une maquettiste du service commercial, que l'on croise rarement parce qu'elle n'aime pas le café et qu'elle déteste sortir de son bureau étant d'une timidité extrême. Ariane Stein s'est arrêtée de parler et elle nous a regardés avec un air absent, comme si elle sortait d'un rêve.

D'autres Ferme-la ! ont jailli, Traître ! a été lâché, et des qualificatifs terribles qui avaient trait à la collaboration sous les régimes dictatoriaux. On la lapidait d'injures, on en avait assez d'être pris pour des imbéciles sur lesquels allaient s'abattre des sanctions. On n'en pouvait plus d'attendre, d'écouter des discours, on se savait condamnés. Écouter ce qu'allait devenir la société de la bouche d'une femme qui avait joué les résistantes par son silence et son retrait était insupportable. Ariane Stein représentait à nos yeux l'absurdité du système, ce pour quoi nous anticipions que la lutte serait vaine.

Alors, dans un mouvement guidé par la magie des épidermes qui, presque malgré nous, communiquent les uns avec les autres dans les situations de crise, nous avons amorcé un retrait.

Personne n'est irremplaçable ! a hurlé Ariane tandis que tous refluaient vers la sortie. Tais-toi ! a répété Rose qui expérimentait le pouvoir que confère le cri.

Nous sommes sortis un à un de la salle, le visage fermé. Nous ne savions pas quelle direction prendre. Nous ne voulions pas rentrer sagement dans nos box. Nous ne pouvions plus rien faire de nos jambes, de nos mains, de nos cerveaux. Nous avancions en tâtonnant, et la présence de celui qui était devant rassurait celui qui le suivait. Nous voulions profiter le plus longtemps possible d'être un groupe, une entité, un ensemble. Nous ignorions encore la douleur d'être seul devant les questionnaires du pôle emploi, à devoir prouver que nous recherchions un travail d'une façon hardie. Nous allions vite devenir coupables de n'avoir pas su conserver notre poste. Nous devrions expliquer à nos amis comment notre société avait été condamnée du jour où elle avait été vendue. Les gens feraient mine de comprendre ; en ce moment, c'est partout pareil... Et pourtant, non, ce n'est pas partout pareil. C'est partout singulier, c'est partout une seule personne à la fois qui soudain perd pied, hallucine, voudrait que ce soit un rêve, mais, par pitié, pas elle, oh non, pas elle. Partout c'est elle, qui espérait une récompense parce qu'elle s'était tenue bien sage, avait fait tout ce qu'elle pouvait, avait mis des bouchées doubles comme on le lui avait demandé (ah, les bouchées doubles !), toléré les humiliations et accepté d'humilier à son tour pour sauver une place qu'elle a de toute façon perdue.

Les Dominique courent les rues et, pourtant, ce ne sont jamais les mêmes. La nôtre est peu élégante, étriquée, souriante par devoir, frappant de son petit poing sur la table quand on a le malheur d'émettre un avis qui ne coïncide pas avec l'idée qu'elle a d'une marche à suivre, n'ayant en vérité que l'idée d'honorer son statut de bras droit, tout petit bras tendu vers un horizon flasque. Un moignon.

Les choses allaient se précipiter. Et, pour retenir cette violence, nous restions là les bras ballants. Quelqu'un allait bientôt venir nous prier de nous mettre au travail. Nous ne savions pas qui, et nous nous en fichions. Christophe Perritoni rendait la situation plus pénible encore : il était silencieux. Allez, Christophe, dis-nous quelque chose, a demandé quelqu'un. Les salauds... a répondu Christophe en serrant les dents. C'était plat, c'était mou, ni drôle, ni à côté de la plaque, ce n'était plus Christophe.

Nous allions finalement rejoindre nos bureaux, ne sachant désormais que faire de notre solidarité. La contempler ainsi dans toute son impuissance nous rendait encore plus malheureux. C'est à ce moment précis, quand il a senti que le groupe allait s'effriter en petites particules individuelles, que Christophe Perritoni a eu un sursaut de vie. Il a lancé :

— J'ai une idée !

On s'est figés, prêts à tout entendre, pourvu que le moment d'entrer dans les box soit retardé.

— On séquestre Cathéter.

Devant nos airs ahuris, Christophe s'est mis à parler très fort et de plus en plus vite pour ne pas être interrompu.

— Il ne nous parle pas. Il nous traite comme des chiens. Les types comme lui ne comprennent que la violence. Séquestrer les patrons, y en a d'autres qui l'ont fait, on en a parlé dans les journaux, et puis ça a fait boule de neige. Vous vous souvenez de Caterpillar ?

Un rire, suivi d'un autre, et puis un autre encore, un rire contagieux qui nous a tous saisis à la gorge, une espèce d'immense rire qui a serpenté et grandi dans le boyau, des rires avec des larmes, des filles pliées en deux, un rire chaotique et dévastateur, presque monstrueux, auquel personne n'échappait, une sorte de cri qui nous maintenait serrés les uns contre autres, un râle si longtemps retenu, exhalé par des dizaines de bouches, un bruit infernal, une plainte, une longue plainte triste à mourir. Mais qu'est-ce qu'on a ri.

DU MÊME AUTEUR

Aux Éditions Gallimard

RUE JEAN-DOLENT, 2000

TU ME TROUVES COMMENT ?, 2001

J'AI RENVOYÉ MARTA, 2005 (Folio n° 4529)

PETIT ÉLOGE DE LA HAINE, 2008 (Folio 2 € n° 4789)

NOUS ÉTIONS DES ÊTRES VIVANTS, 2010 (Folio n° 5340)

LES RAISONS DE MON CRIME, 2012

Chez d'autres éditeurs

JANUS, Éditions à Hélice, 1993

LE CONTRETEMPS, Éditions du Griot, 1993

PETIT DÉJEUNER AVEC MICK JAGGER, L'Olivier, 2008

HANNAH OU L'INSTANT MORT, dessins de Romina Pelagatti, Éditions Noviny44, 2010

COLLECTION FOLIO

Dernières parutions

5193.	Pierre Michon	*Les Onze*
5194.	Orhan Pamuk	*D'autres couleurs*
5195.	Noëlle Revaz	*Efina*
5196.	Salman Rushdie	*La terre sous ses pieds*
5197.	Anne Wiazemsky	*Mon enfant de Berlin*
5198.	Martin Winckler	*Le Chœur des femmes*
5199.	Marie NDiaye	*Trois femmes puissantes*
5200.	Gwenaëlle Aubry	*Personne*
5201.	Gwenaëlle Aubry	*L'isolée* suivi de *L'isolement*
5202.	Karen Blixen	*Les fils de rois* et autres contes
5203.	Alain Blottière	*Le tombeau de Tommy*
5204.	Christian Bobin	*Les ruines du ciel*
5205.	Roberto Bolaño	*2666*
5206.	Daniel Cordier	*Alias Caracalla*
5207.	Erri De Luca	*Tu, mio*
5208.	Jens Christian Grøndahl	*Les mains rouges*
5209.	Hédi Kaddour	*Savoir-vivre*
5210.	Laurence Plazenet	*La blessure et la soif*
5211.	Charles Ferdinand Ramuz	*La beauté sur la terre*
5212.	Jón Kalman Stefánsson	*Entre ciel et terre*
5213.	Mikhaïl Boulgakov	*Le Maître et Marguerite*
5214.	Jane Austen	*Persuasion*
5215.	François Beaune	*Un homme louche*
5216.	Sophie Chauveau	*Diderot, le génie débraillé*
5217.	Marie Darrieussecq	*Rapport de police*
5218.	Michel Déon	*Lettres de château*
5219.	Michel Déon	*Nouvelles complètes*
5220.	Paula Fox	*Les enfants de la veuve*
5221.	Franz-Olivier Giesbert	*Un très grand amour*
5222.	Marie-Hélène Lafon	*L'Annonce*

5223. Philippe Le Guillou	*Le bateau Brume*
5224. Patrick Rambaud	*Comment se tuer sans en avoir l'air*
5225. Meir Shalev	*Ma Bible est une autre Bible*
5226. Meir Shalev	*Le pigeon voyageur*
5227. Antonio Tabucchi	*La tête perdue de Damasceno Monteiro*
5228. Sempé-Goscinny	*Le Petit Nicolas et ses voisins*
5229. Alphonse de Lamartine	*Raphaël*
5230. Alphonse de Lamartine	*Voyage en Orient*
5231. Théophile Gautier	*La cafetière* et autres contes fantastiques
5232. Claire Messud	*Les Chasseurs*
5233. Dave Eggers	*Du haut de la montagne, une longue descente*
5234. Gustave Flaubert	*Un parfum à sentir ou les Baladins* suivi de *Passion et vertu*
5235. Carlos Fuentes	*En bonne compagnie* suivi de *La chatte de ma mère*
5236. Ernest Hemingway	*Une drôle de traversée*
5237. Alona Kimhi	*Journal de Berlin*
5238. Lucrèce	*« L'esprit et l'âme se tiennent étroitement unis »*
5239. Kenzaburô Ôé	*Seventeen*
5240. P.G. Wodehouse	*Une partie mixte à trois* et autres nouvelles du green
5241. Melvin Burgess	*Lady*
5242. Anne Cherian	*Une bonne épouse indienne*
5244. Nicolas Fargues	*Le roman de l'été*
5245. Olivier Germain-Thomas	*La tentation des Indes*
5246. Joseph Kessel	*Hong-Kong et Macao*
5247. Albert Memmi	*La libération du Juif*
5248. Dan O'Brien	*Rites d'automne*
5249. Redmond O'Hanlon	*Atlantique Nord*
5250. Arto Paasilinna	*Sang chaud, nerfs d'acier*

5251. Pierre Péju	*La Diagonale du vide*
5252. Philip Roth	*Exit le fantôme*
5253. Hunter S. Thompson	*Hell's Angels*
5254. Raymond Queneau	*Connaissez-vous Paris ?*
5255. Antoni Casas Ros	*Enigma*
5256. Louis-Ferdinand Céline	*Lettres à la N.R.F.*
5257. Marlena de Blasi	*Mille jours à Venise*
5258. Éric Fottorino	*Je pars demain*
5259. Ernest Hemingway	*Îles à la dérive*
5260. Gilles Leroy	*Zola Jackson*
5261. Amos Oz	*La boîte noire*
5262. Pascal Quignard	*La barque silencieuse (Dernier royaume, VI)*
5263. Salman Rushdie	*Est, Ouest*
5264. Alix de Saint-André	*En avant, route !*
5265. Gilbert Sinoué	*Le dernier pharaon*
5266. Tom Wolfe	*Sam et Charlie vont en bateau*
5267. Tracy Chevalier	*Prodigieuses créatures*
5268. Yasushi Inoué	*Kôsaku*
5269. Théophile Gautier	*Histoire du Romantisme*
5270. Pierre Charras	*Le requiem de Franz*
5271. Serge Mestre	*La Lumière et l'Oubli*
5272. Emmanuelle Pagano	*L'absence d'oiseaux d'eau*
5273. Lucien Suel	*La patience de Mauricette*
5274. Jean-Noël Pancrazi	*Montecristi*
5275. Mohammed Aïssaoui	*L'affaire de l'esclave Furcy*
5276. Thomas Bernhard	*Mes prix littéraires*
5277. Arnaud Cathrine	*Le journal intime de Benjamin Lorca*
5278. Herman Melville	*Mardi*
5279. Catherine Cusset	*New York, journal d'un cycle*
5280. Didier Daeninckx	*Galadio*
5281. Valentine Goby	*Des corps en silence*
5282. Sempé-Goscinny	*La rentrée du Petit Nicolas*
5283. Jens Christian Grøndahl	*Silence en octobre*
5284. Alain Jaubert	*D'Alice à Frankenstein (Lumière de l'image, 2)*
5285. Jean Molla	*Sobibor*
5286. Irène Némirovsky	*Le malentendu*

Composition Graphic Hainaut
Achevé d'imprimeur par Novoprint
à Barcelone
le 13 décembre 2011
Dépôt légal : décembre 2011

ISBN 978-2-07-044563-9./Imprimé en Espagne.

237489